AF582929

Daniyel y el misterio de las desapariciones

Nancy Villescas S.

EDIQUID

DANIYEL Y EL MISTERIO DE LAS DESAPARICIONES

Editado por: Corporación Ígneo, S.A.C.
para su sello editorial Ediquid
José Olaya 169, Ofic. 504, Miraflores. Lima, Perú
Primera edición, febrero, 2024

ISBN: 978-612-5112-97-2
Impresión bajo demanda

Hecho el Depósito Legal en la Biblioteca Nacional del Perú N° 2023-12778
Se terminó de imprimir en febrero del 2024 en:
ALEPH IMPRESIONES SRL
Jr. Risso Nro. 580 Lince, Lima

www.grupoigneo.com
Correo electrónico: contacto@grupoigneo.com
Facebook: Grupo Ígneo | X: @editorialigneo | Instagram: @grupoigneo

Ilustración portada: Andrés Felipe Erazo Castaño.

Primeros lectores: Arturo Camacho y Jorge Camacho

Colección: Nuevas Voces

Índice

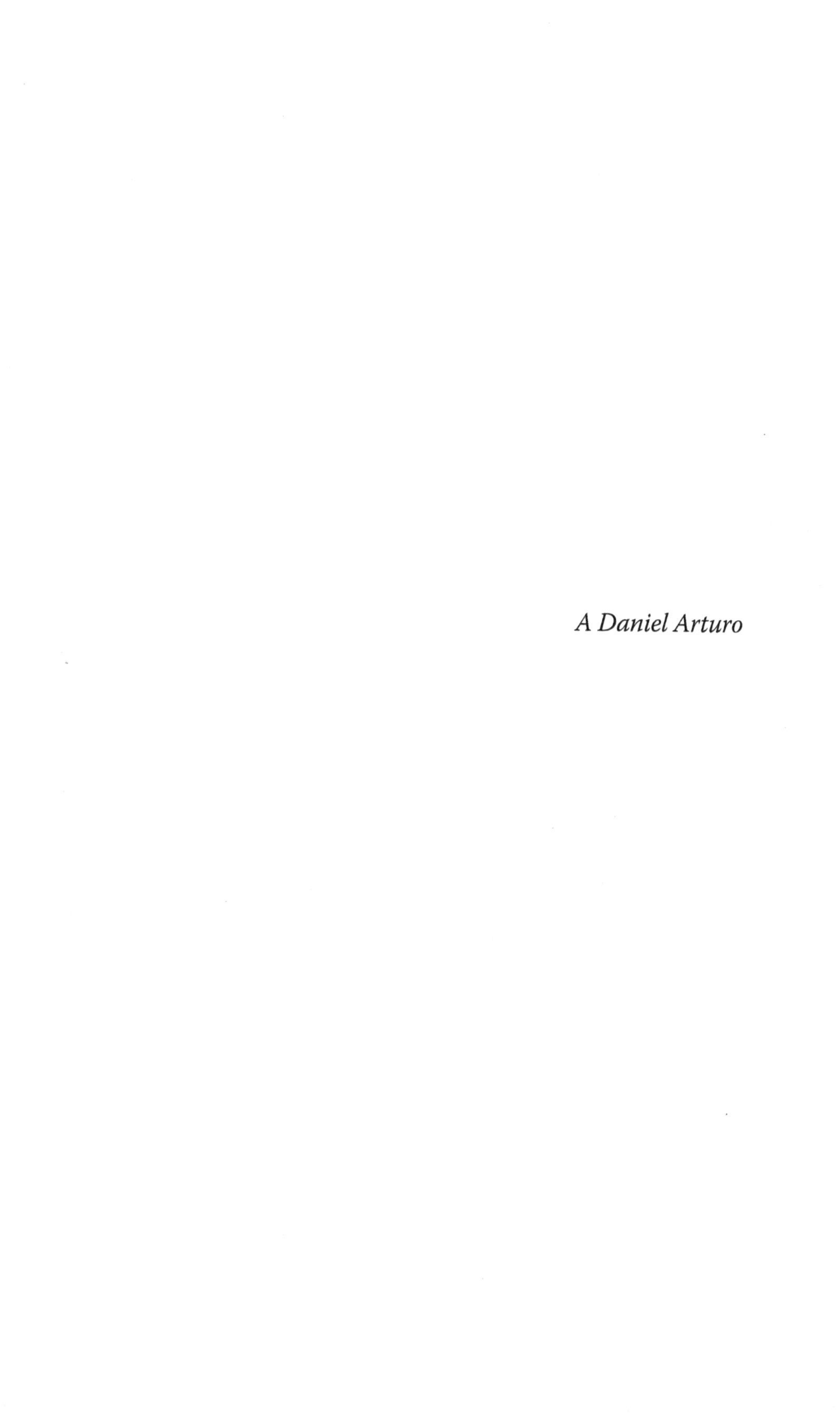

A Daniel Arturo

Primera parte

Capítulo 1

Cuando sonó la alarma, Daniel sabía que debía estar listo antes de que se desplegasen las puertas que darían paso al nuevo cargamento. Se había jurado que ahora sí iba a averiguar toda la verdad y nadie, ni tan siquiera Romaguera, se interpondría en su camino. Se levantó y justo en el momento de ingresar a la ducha, la luz de su pulsera comenzó a titilar.

Las piernas se le debilitaron y tuvo que recostarse en la pared. Se fue deslizando derrotado hasta quedar sentado en el suelo, sin apartar la vista del brazalete que le habían colocado el día que llegó.

—¡¿Y tenía que ser hoy?! —gritó.

Estaba convencido de que el plan sucumbiría si no aparecía, porque sus amigos dependían de él. Una respiración profunda fue suficiente para ponerse de pie. Se miró en el espejo. Era extremadamente delgado para tener trece años, aunque recién había notado sus hombros más anchos. Tenía el cabello negro y unos ojos grandes color miel. Levantó la mirada y se tropezó con la fotografía de Kaela.

El cuarto que siempre había considerado su refugio ahora se le antojaba estrecho. Contempló el mural: una mezcla de cartulinas de colores con dibujos mal hechos, pegotes de plastilina, figuras elaboradas con palos de paleta y hojas donde aparecían las vocales. Daniel lo valoraba como un tesoro y no hacía caso a quienes decían que se trataba de un montón de basura. La famosa pared sobresalía por su caos en aquella ordenada estancia. En el clóset, camisetas, pantalones y zapatos aparecían clasificados de acuerdo con la gama de color a la que pertenecían. Con axiomática naturalidad se distinguía la ubicación de los azules y la de los rojos. Junto a la puerta estaba pegada una cinta de ciento cincuenta centímetros, sobre la que él iba marcando su propia altura. Hasta hace una semana, estaba en un metro con cuarenta y cinco: se acercaba con prontitud al límite de altura para ser declarado desaparecido. Por eso había convencido al resto de la urgencia de fugarse.

Volvió a fijarse en la pulsera. Un breve temblor le erizó el pelo de la nuca, recordándole que todo iba a cambiar. El reloj de la pared marcaba las siete: se le había hecho tarde. De un salto entró en la ducha y en minutos se vistió combinando los colores como le gustaba hacer, mientras se repetía: «Tengo que tranquilizarlos». Salió de la estancia dispuesto a encontrarse con Kaela.

El sol le obligó a entrecerrar los ojos. Era el día de la llegada a Sasbequiana de los visitantes, a quienes Daniel y sus amigos llamaban «el cargamento». Como era habitual, en la calle se oía la algarabía de la gente circulando de un lado para otro llevando prendas, cobijas y colchonetas. A pesar del barullo, cada uno tenía una tarea y un lugar donde desempeñarla. Se sentía una cierta zozobra general.

En medio del fandango, Daniel se abrió paso hacia el albergue, un viejo edificio de tres niveles con bloques de ladrillos café oscuro de aspecto lúgubre e intimidante. El efecto desaparecía al ingresar y toparse de frente con un amplio y exuberante jardín de colores variopintos, cercado por un zaguán con los salones destinados al cuidado inicial de los recién llegados. El segundo nivel permanecía siempre reservado como dormitorio y el tercero era para Romaguera y algunos de sus asistentes. Daniel sabía que ese día las puertas se hallaban abiertas de par en par: la gente entraba y salía con ropa, sábanas, cobijas, utensilios de cocina y hasta juguetes para los más pequeños. Desenfundaban cuanto limpión, escoba y trapero había y aquella tropa, integrada por niños y adolescentes de diferentes tamaños, procuraba dejar el espacio impecable.

Daniel pasó de largo y en la esquina giró rumbo al parque principal donde se levantaba el viejo olivo. El formidable árbol de cuatro metros de diámetro ofrecía una generosa sombra a quienes decidían descansar en una de las cuatro bancas que lo rodeaban. Se creía que dentro de su tronco vivían los espíritus de quienes no encontraron a sus seres queridos y habían decidido quedarse para llenar de amor a los paseantes.

Al arribar a la Calle de los Tronquitos entró en el edificio de artes, una casa de tejas de barro cuyos estudiantes, con pinturas, flores, esculturas y cuadros, habían transformado en un pequeño museo. Fue directo al salón de juegos para encontrarse con Kaela, sin saber cuáles serían las palabras adecuadas para explicarle lo que le había ocurrido y decidir si era sensato aplazar la fuga.

Ella, junto a su mesa de trabajo, conversaba con los mellizos. Como siempre, vestía unos vaqueros, una blusa blanca y el cabello negro y abundante repartido en dos trenzas atadas con una cinta azul. Sobresalía de la multitud por sus lentes de marco negro que había comenzado a usar desde hacía poco, con cierta vergüenza.

En el lugar también bullía el desorden. La casa de artes se convertía para la ocasión en bodega. Los anaqueles permanecían abiertos. Sobre las largas mesas se extendían mantas, sacos, vendas, pantalones y faldas. En el aparador de los zapatos, Raguí, el coordinador, leía las tallas y las iba organizando de acuerdo con la lista que Romaguera le había entregado.

Los mellizos fueron los primeros en ver a Daniel y le avisaron a Kaela. Ella levantó los ojos y con la mano comenzó a llamarlo. Sonreía. Mientras Daniel se acercaba, Kaela y los mellizos fueron mudando su expresión de alegría a una de miedo paralizante. Ella se quitó los lentes para asegurarse de que no alucinaba y que aquel brillo no florecía como un engaño del sol que se esparcía en todos los rincones. No cabía duda: el día había llegado y los tomó por sorpresa.

Daniel se detuvo, observó a cada uno y les hizo señas para que se vieran en la parte de atrás de la edificación. Luego se devolvió por donde había ingresado mientras sentía un gran peso, una onerosa carga. Kaela y los mellizos se disculparon con sus otros compañeros y se dirigieron a la entrada de la cocina, donde el chef Kenny daba instrucciones sobre cómo tener listos los alimentos para atender a los niños. El trío se escabulló por la puerta trasera que conducía al patio y esperaron a que llegara Daniel.

A aquel lugar iba a parar todo lo viejo, dañado e inútil que nadie se atrevía a botar. Allí residían las canecas rotas, los muebles que esperaban la promesa quebrantada de que serían reparados, varias pilas de cajas con toda suerte de herramientas oxidadas y artículos extraños. Sin ser un sitio bonito, algo lo hacía ideal para las reuniones secretas. Como casi nadie iba, se volvió un refugio para los más rebeldes, para protestar contra las arbitrariedades de Romaguera y planear cómo acabar con la incertidumbre de no saber.

Kaela se sentó donde siempre. Detrás de los barriles esperaron confiados a Daniel. Jakim ya se les había unido.

El grupo no podía ser más dispar. Brandon iba vestido de franela, overol y gorra café; su hermana Briana, con faldón de flores y blusa suelta, y Jakim como profesor de escuela, enfundado en su infaltable suéter gris con rombos de colores. Daniel sobresalía por sus impecables atuendos: tenía la manía de mirarse muchas veces al espejo y se cambiaba más de una vez si los combinados no le satisfacían.

Siempre que se encontraban, hablaban sin escucharse, pero comprendiéndose tan bien que terminaban en estruendosas carcajadas por todas las locuras que decían. Entonces la voz sabia de

Kaela los llevaba a calmarse y, ahí sí, empezar a construir sus nuevas aventuras. Aquella mañana, en cambio, el sigilo de todos era elocuente, con las miradas fijas en la muñeca derecha de Daniel.

—¿Qué vas a hacer? —se aventuró a preguntar Jakim.

—Nada —respondió Briana—. ¿Qué puede hacer? Ir al coladero a recibirlo.

Cada uno se acomodó en su lugar y de nuevo el silencio se mantuvo imperturbable a pesar de los gritos de quienes estaban dentro del salón. La estratagema urdida había fracasado antes de iniciar. Briana lucía muy decepcionada, su espíritu combativo le impedía aceptar una derrota; en Sasbequiana sobresalía por sus dotes de boxeadora que le habían valido ser reconocida por inspirar cierto temor, y también envidia, porque no le temía a nada. Brandon sintió en ese instante que se le quitaba una pesada carga de encima; prefería mezclar sus sueños entre tejidos y artesanías, sin grandes aspavientos ni muchas demostraciones, aunque se negaba a confesárselo a su querida hermana, a quien admiraba con sinceridad y por eso la acompañaba en sus grandes hazañas. Jakim, por su parte, se sacudía una y otra vez el suéter para que Briana notara su existencia, del todo ajeno a lo que allí ocurría. En cambio, Kaela no salía de su asombro y cierto dolor le apretó el corazón porque sabía que muy pronto perdería a Daniel.

Cuando la pulsera se iluminaba solo podía traducirse en dos cosas: la llegada de alguien nuevo que estaría bajo el cuidado de Daniel o lo irremediable. Seguir con el plan parecía absurdo, aunque Kaela en el fondo del corazón tenía la esperanza de que algo ocurriera. En Sasbequiana no era raro que la magia de vez en cuando apareciera, como aquella vez en que la epidemia terminó, cuando se escuchó una hermosa canción cuyas notas se pasearon por los rostros de los enfermos hasta sanarlos. Además, ya había visto a Daniel superar muchos inconvenientes y este no sería el último.

—Todo lo que planeamos se va a hacer —dijo de repente Daniel—, solo que haremos un par de cambios. Kaela estará en la puerta gris en mi lugar, Brandon se encargará de distraer a Lucila y yo estaré en el coladero con Romaguera y los demás.

—¿Estás loco? Brandon nos va a delatar... —protestó Jakim, pero no alcanzó a terminar porque Briana se le acercó con el puño dispuesto a estrellárselo en la cara. Kaela y Daniel se atravesaron y a Jakim no le quedó más remedio que apartarse.

—Vamos a repasar todo una vez más —dijo Daniel.

Los cuatro habían concebido que cuando el coladero se abriera, se dividirían en dos grupos y, mientras Romaguera y su equipo le estuvieran dando la bienvenida a los recién llegados, se escabullirían por los laterales del camino. Después de quince minutos de marcha se mezclarían con la carga y circularían en sentido contrario hasta llegar al umbral. No sabían bien qué iba a pasar después. Les hacía ilusión creer que ahí encontrarían a los amigos que habían perdido.

—Daniel, no considero que lo podamos hacer, recuerda que ya no estarás solo —le dijo Kaela.

Daniel no pudo responder porque la pulsera comenzó a cambiar varias veces de color y eso solo significaba una cosa, que tenía que presentarse de inmediato a la entrada de la reja en hierro forjado que rodeaba a Sasbequiana. En días como hoy se abría para recibir a los niños sin historia. Las puertas eran enormes y pesadas y requerían del esfuerzo de Romaguera y de todo su equipo para abrirlas y después cerrarlas. Era tradicional que en la primera fila se ubicaran quienes tenían el brazalete iluminado. El joven se marchó sin despedirse.

Junto a Daniel había más de treinta muchachos en la fila. Reconoció a Lalia, la bailarina. Contrario a su costumbre de sonreír todo el tiempo, se veía seria y con el ceño arrugado, al igual que Jordi, el más bajo del grupo, quien no tuvo inconveniente en camuflarse detrás de Loretta. El ambiente tenía una quietud densa, pesada, como el aire que aprieta la garganta frente a lo inexplorado. El ritual no era nuevo para ninguno, y, sin embargo, les invadió un recuerdo de agobio. Se pusieron en fila frente a la línea amarilla de diez metros de largo dibujada en el piso.

Romaguera terminó de dar algunas órdenes y luego caminó despacio hasta ubicarse frente a la fila.

—Hoy es un día muy especial para ustedes —dijo Romaguera mientras miraba a cada uno—. Van a conocer a su hermano o a su hermana, quien dependerá de ustedes para poder sobrevivir. No saben a dónde llegan o qué les espera. Están asustados, requieren de cuidados, paciencia y comprensión. Algunos no podrán desplazarse solos, tendrán dificultades para mover los brazos o para hablar. Ya saben que transcurridos un par de días se recuperarán. Sasbequiana le sienta bien a todo el mundo.

—¿Cómo lo voy a reconocer? —se aventuró a preguntar Loretta.

—Muy buena pregunta —dijo Romaguera—. Si se dan cuenta, sus pulseras tienen ahora un color magenta que, en unos minutos, cambiará de aspecto y cada uno tendrá un tono personal. Deben buscar entre los recién llegados una pulsera que tenga la misma tonalidad de la que ustedes llevan puesta.

Mientras miraban sus manillas, Romaguera repitió las instrucciones que debían seguir: no traspasar la línea amarilla, esperar en silencio, estudiar las manillas de los recién llegados, acercarse a quien tuviera idéntico color, y añadió:

—Estarán desorientados, tienen la mente en blanco. Debemos tener cuidado de no espantarlos con demostraciones exageradas. Si necesitan una ayuda adicional, no se olviden de que Lucila estará pendiente para asesorarlos. ¿Preguntas?

—Me gustaría saber de dónde vienen —preguntó Daniel con cierta ironía.

—¡Daniel, por favor, ahora no! —le dijo Romaguera impaciente.

Tal y como ocurría en Sasbequiana cuando aparecía el cargamento, una neblina cerrada emanó de la carretera y en cuestión de segundos cubrió hasta el espacio más pequeño con la certera misión de ocultar. Sobresalían la línea amarilla y el color variopinto de los brazaletes alineados. Transcurrieron varios minutos de silencio hasta que se comenzaron a escuchar pasos y uno que otro murmullo, más parecido a un quejido. A unos veinte metros de la reja iban surgiendo de la niebla los niños fantasmas, luciendo un overol blanco y un brazalete iluminado. La aprensión inicial que sintieron Daniel y sus compañeros cedió a medida que se fueron acercando y un suspiro general de alivio se dejó oír cuando se dieron cuenta de que los recién llegados se veían igual de nerviosos que ellos.

Los primeros vinieron caminando por sus propios medios. A pocos metros de la línea amarilla, alguien de la fila daba un paso adelante para saludar al recién llegado. Los gestos de bienvenida eran diversos. Unos permanecían inmóviles durante interminables minutos antes de atreverse a extender la mano. Otros, en cambio, se arrojaban sobre el desconocido. Una vez identificada la pareja, Romaguera y su equipo les pedían dirigirse al albergue y al salón de artes para que los atendieran.

Después aparecían «los que no se completaban». A Daniel siempre le había parecido horrible esa expresión, pero se refería a aquellos que tenían alguna limitación y que requerían un tiempo más en Sasbequiana para terminar su desarrollo. La mayoría cojeaba. Era evidente el dolor reflejado en sus ojos por haber dejado algo que les pertenecía.

Minutos antes de comenzar la ceremonia, Daniel giró y vio a Kaela moviendo la cabeza en señal de negación. Los demás habían decidido: ese día no habría huida.

El brazalete de Daniel tenía un color que lo puso nervioso: no sabía si lucía azul o verde. Inquieto miraba a los que iban llegando. Por fin vio el otro brazalete. No tuvo duda. Olvidando las recomendaciones de Romaguera, cruzó la línea amarilla y se dirigió al encuentro de aquel niño flaco del que solo sobresalía una abundante cabellera lisa y negra. El chico también lo identificó y fue a su encuentro tratando de estirar el brazo que se negaba a despegarse de su cuerpo. Faltando menos de dos metros para encontrarse, se detuvieron y se reconocieron en la mirada del otro. El nuevo era un poco más bajo que Daniel, abría los ojos, sonreía, pero luego se arrepentía y lo miraba de forma fija.

—Soy Daniel —habló este, por fin—, bienvenido. Ese overol te queda bien, aunque un poco grande. ¿Sabes dónde estás...? Bueno, después te contaré todo. ¿Cómo te llamas?

El chiquillo lo seguía mirando y lo único que hizo fue negar con la cabeza.

—¿No tienes nombre? ¿Cómo te llamaban allá? No te preocupes, no pasa nada. Podemos inventar nuestros nombres. Ya sé, te llamaré Jared. ¿Te gusta?

Asintió con la cabeza.

—¿Pero sabes hablar?

—Claro —respondió Jared, y se sorprendió al escuchar su propia voz. Nunca había conocido a nadie que combinara en pequeñas frases preguntas inconexas y que de forma inexplicable quisiera que se las respondieran todas.

Daniel intentó tomarle la mano, y, como Jared la mantenía recogida, no supo qué hacer, así que se hizo a su lado. Se moría de ganas por preguntarle sobre de dónde venía, qué le había pasado en el brazo, quién lo había llevado, si había dejado a alguien y miles de cosas más. No obstante, lo notaba tan delgado, vulnerable, vacilante y haciendo ingentes esfuerzos por mantenerle el paso que prefirió callar, avanzar más despacio y solo atinó a rodear con su brazo los hombros de Jared, sin decir una palabra. Daniel tomó conciencia de lo que aquello significaba. Quizás tendría que renunciar a su búsqueda porque ahora su responsabilidad se centraba en Jared, su hermano.

Capítulo 2

La paz en el dormitorio de los hermanos al despuntar el día fue interrumpida por el grito aterrador de Jared. Daniel se incorporó y al entrar corriendo al cuarto lo vio sentado en la cama con una mueca de espanto inscrita en el rostro.

—Me iban a matar —le dijo a Daniel con ojos descomunales—. Corría por mi vida, no quería que lo hicieran, pero no pude evitarlo. Morí.

Mientras hablaba se acurrucó en un extremo de la cama, retorcía las sábanas con nerviosismo y miraba a Daniel con estupor.

—Cálmate, ya pasó. Fue solo un mal sueño —le dijo Daniel, acercándose con lentitud para abrazarlo. Su hálito calmado desaceleró la tensión de Jared hasta que se acompasaron los latidos de sus corazones con similar cadencia. Ambos sintieron la serenidad que los unía.

—¿Por qué hay tanta luz? —preguntó Jared apartándose.

—Porque es hora de levantarse. Hoy es un día muy especial, vas a conocer las delicias del desayuno y a mis amigos. Ni se te ocurra volver a usar ese overol. Ese ya es historia. Ven, vamos a mi cuarto —Jared lo siguió obediente—. Las chicas te enviaron estas prendas para que escojas lo que te guste.

Daniel abrió el closet y extendió sobre la cama sacos, pantalones y camisas y puso en el piso unas zapatillas deportivas.

—Si no te agradan, me avisas y yo me encargo de buscarte algo más bonito.

Jared tomó unos pantalones y, antes de ponérselos, su hermano lo detuvo:

—Alto ahí, amigo. Primero, el baño.

La expresión de Jared fue suficiente para que Daniel entendiera.

—Ven, este es el baño, esa es la ducha y por ahí sale agua.

Jared seguía sin entender.

—Vamos a tener que hacerlo de otra manera —Daniel se desvistió y le dijo a Jared que hiciera lo mismo.

Se metieron a la ducha y Daniel le fue explicando en qué consistía la limpieza, por qué tenía que hacerla, qué cantidad de jabón usar y por qué había otro para lavar el pelo. Jared no atendía, solo disfrutaba ese instante, el más maravilloso desde su llegada porque le recordó otro lugar donde siempre permanecía rodeado de agua y vivía feliz.

—¡Ayayay! —gritó de pronto Jared cuando Daniel le levantó el brazo enfermo.

—Discúlpame, soy un tonto. No te preocupes, que en unas horas eso va a desaparecer. Siempre pasa así.

—¿Sí? ¿Y eso cómo puede ser?

—Yo también aspiro a saber. Dicen que es el clima, pero también puede ser un sortilegio. Ese es uno de los grandes misterios que encontrarás en Sasbequiana.

Jared sonrió sin entender por qué. Al salir de la ducha, Daniel se vistió de forma veloz, mientras Jared elegía la ropa sin mucho rigor con los colores. El hermano mayor se sentó en la cama a observarlo con curiosidad.

—¿Puedo hacerte una pregunta? ¿Recuerdas de dónde vienes?

—No, la verdad ya no sé. Solo recuerdo que te vi —dijo, sosteniendo la mirada de Daniel.

—¿No recuerdas nada más?

—Hay algo. No es un recuerdo fiel. Algo que ya había experimentado. Fue cuando tomé la ducha. En ese instante me sentí muy feliz.

—Qué curioso. Y allá de donde vienes, ¿no hubo alguien que te hubiera ido a despedir?

—No sé —la sonrisa volvió a desaparecer—, no recuerdo.

Notó que las manos de Jared estaban amoratadas.

—¿Elegiste los vaqueros? —lo examinó Daniel—. Pero esa camisa no te va. Mejor usa la blanca. Un hermano mío no va a salir de cualquier manera.

—¿Eres mi hermano? —Jared exhibió una hermosa sonrisa—. No me lo vas a creer, pero lo sabía.

—Vamos, que nos están esperando. Primero, párate derecho en esa pared porque voy a marcar tu altura

Jared se colocó sobre el metro, mientras Daniel, con un lápiz rojo, hizo una pequeña marca en un metro con veinte.

—¿La altura para qué?

—Aquí creces muy rápido o muy despacio, todo depende del tiempo que vayas a permanecer en Sasbequiana. Cuando llegas a esta altura —señaló el metro con cincuenta—, tienes que irte.

—¿Adónde?

—Nadie lo sabe.

—Pero ¿por qué?

—Porque este es un lugar de paso, como dice Romaguera.

—¿Quién es Romaguera?

—El Temaszin, pero le decimos director. Es un fastidio completo.

—¿Y tú ya casi...?

—Sí, pero no te afanes, no te librarás tan pronto de mí. Mira, estas son las marcas del tiempo que llevo acá. Voy a poner las tuyas al lado de las mías.

Luego, Daniel se dirigió a su cuarto a arreglar su cama y dejó la ropa sucia en un canasto. Al ver que Jared solo lo miraba, le indicó con el dedo índice el otro cuarto. Jared entendió e imitó a su hermano. La estancia tenía tres espacios con un baño compartido: dos cuartos, cada uno con suficiente espacio para una cama y un pequeño mueble, y el espacio de entrada, más pequeño, en el que había una mesa con dos sillas y dos cajones de madera apilados que pretendían imitar un estante con algunos libros, juguetes y cuadernos.

Jared no tuvo tiempo de curiosear porque Daniel le recordó que tendrían problemas si llegaban tarde al desayuno. Bajó con rapidez los dos pisos por las escaleras de baldosín, estrechas y oscuras, y Jared intentó imitarlo, pero la movilidad de su brazo no le permitía ir a la misma velocidad. Luego se dirigieron al comedor que se encontraba a dos cuadras.

La campana había sonado hacía diez minutos, así que todos corrían porque iban tarde. Al ingresar, Jared se detuvo a contemplar los jardines internos. Era difícil no hacerlo porque los colores diversos y las formas geométricas perfectas de las flores arrancaban un suspiro a cualquier observador. Lo que más despertó el interés del recién llegado fue un aroma, uno dulce a gardenias que de seguro ya conocía.

—¿También sientes el olor de las gardenias? —le dijo de pronto Daniel, para su sorpresa—. No serás el primero que percibe el aroma —remató la frase, mirándolo a los ojos con una sonrisa socarrona—. Dicen que esa es la fragancia que se siente por el camino de la niebla.

Ya había una fila larga con los atrasados. Daniel prefirió hacerla para que su hermano no atestiguara su rebeldía frente a todo lo que allí ocurría. Kaela llegó y, luego de darle una bienvenida cariñosa a Jared, se acercó a Daniel para susurrarle al oído:

—Romaguera te está buscando. Le preguntó a todo el mundo por ti.

Daniel sintió el aroma del cabello de Kaela en su cara. Le gustaba el olor, pero no tenía claro por qué.

—¿Qué te pasa? —le preguntó Daniel al ver que se estaba comiendo las uñas.

—Se llevaron a los mellizos hace rato a la Dirección y no han vuelto. ¿Crees que nos descubrieron?

Daniel se la quedó mirando mientras elegía las palabras adecuadas para tranquilizarla. No tenía duda de que Briana nunca confesaría y lo mismo ocurriría con Brandon, porque jamás delataría a su hermana. Aunque no sabía de qué artimañas se valdría Romaguera para hacerlos hablar. En caso de que alguien confesase, él no permitiría que le ocurriera algo malo a Kaela.

Jared, confundido por la charla con Kaela y por el bullicio de los desconocidos, se detuvo en la mitad del salón y comenzó a reparar en cada sonido. La carcajada de un grupo llamó su atención, una joven dio un grito que lo sobresaltó, el ruido de un plato rompiéndose le hizo llevarse las manos a las orejas, giró para disfrutar con las risotadas de otro corrillo. Sin pensarlo, se dirigió a aquel grupo hasta que sintió el abrazo protector de su hermano, que le dio un beso en la cabeza.

—Aquí estoy, no te preocupes, yo cuidaré de ti— le susurró.

Transitaron hasta el fondo del salón donde había una mesa larga con diez sillas. Cada asiento marcado por su dueño con colores, trazos, calcomanías, pañoletas y todo lo que este quisiera utilizar. La multiplicidad de distintivos había hecho que el comedor se transformara en una agradable explosión de tonalidades. Era un lugar donde cada uno intentaba dejar su huella.

Los nuevos tenían las sillas de los que ya se habían ido. Podían transformarlas a su gusto o dejarlas como sus anteriores dueños se las habían legado. Jared sonrió tan pronto recibió la silla rosa con muchas lentejuelas doradas y una cinta de color blanco y dorado que forraba las cuatro patas. Aguantaron la risa al ver la cara de Daniel, pero ninguno intuyó la respuesta que les daría Jared.

—¡Me encanta!

La sorpresa de Daniel fue remplazada por un gesto de aprobación que completó acercándole la silla con cariño. De repente, los comensales enmudecieron y Daniel sintió una mano sobre su hombro.

—Te buscaba. Ven a desayunar conmigo —le dijo Romaguera y, sin aguardar la respuesta, le dio la espalda rumbo a la oficina.

Daniel entornó los ojos, miró al techo molesto, le recomendó a Kaela que no dejara solo a Jared y siguió con desgano a Romaguera, quien, como siempre, llevaba las manos cruzadas atrás y lucía la camisa blanca impecable, los pantalones negros bien planchados y sus inconfundibles zapatillas deportivas que eran la diversión de los habitantes de Sasbequiana.

«No diré nada. No delataré a nadie. No podrá sacarme ninguna información. Ya verá que de mí no obtendrá ni una palabra», pensaba Daniel mientras le mantenía el paso a Romaguera. Salieron al corredor y se dirigieron al segundo piso donde, a bocajarro de la escalera, quedaba la Dirección, una oficina bastante modesta.

—Eres muy popular por aquí —le comentó sonriendo Romaguera apenas entraron.

El escritorio se hallaba contra la ventana y tenía apilados en una de las esquinas un montón de libros. En el centro de la estancia había dos sillas y una mesa redonda que se usaba como comedor. Ese fue el lugar que eligió Romaguera para el encuentro. En el recinto destacaban cinco repisas de madera negra y delgada en la pared lateral, que acogían portarretratos de tamaño desigual con rostros de niños y niñas en diferentes edades.

Daniel se sentó en la silla indicada y se puso a observar las fotografías para distraerse. Romaguera se dirigió a su escritorio y del cajón sacó un retrato.

—¿Habías visto esta foto? —en la imagen un niño pequeño se aferraba al pantalón de Romaguera.

—¿Soy yo? —preguntó Daniel haciéndose el desentendido.

—Por supuesto. Eres tú. Cuando llegaste, te agarraste a mí tan fuerte que quedamos impresionados. Tenía que cargarte todo el tiempo porque si te dejaba un minuto, no parabas de llorar.

—No recuerdo —dijo y de inmediato le devolvió la fotografía.

—Yo no lo he olvidado. Fue todo un reto lograr que jugaras con otros niños. Solo cuando descubriste la magia de los colores lograste alejarte de mí. Encontraste en la pintura la mejor forma de construir tu propio mundo.

—O la mejor forma de olvidar de dónde venía —interrumpió Daniel mirando a los ojos a Romaguera.

—Quizás... —respondió Romaguera, dejando la foto sobre la mesa.

Daniel volvió a tomarla y reparó en el dibujo que tenía el niño. Su expresión se ensombreció y apretó con fuerza el retrato. «¡Cómo Romaguera pudo olvidarlo!», pensó molesto.

Aquella mañana, hace ya tantos años, se había despertado con una idea. Ya sabía cómo lograr que Romaguera no se separase de él. Le haría un dibujo, el más lindo que nunca nadie hubiera visto, en donde plasmaría los colores del arcoíris. Corrió adonde su amiga Ágata y le contó su plan. A ella le pareció la mejor idea del mundo. Los dos pequeños se sintieron los héroes de una historia destinada a lograr sus anhelos. Luego de terminar el desayuno, se dieron cita en la biblioteca y allí comenzaron a buscar colores, crayolas y un pedazo de cartulina. ¿Qué podrían dibujar? Miraron largo rato a su alrededor en busca de inspiración. Las ideas de cada uno se acogían con consideración por el otro y al final acordaron que sería un sol con muchas nubes y también una luna con estrellas, que representaban los tiempos en los que podían jugar y dormir. Romaguera sería el hechicero que prepara a la gente y estaría dibujado en la mitad de la hoja con el poder de transformar el día y la noche.

—Sí, él es un mago que puede hacer que nunca nos separen —le había dicho Daniel a Ágata.

El festival de colores y los cuidadosos plumazos crearon una bella obra de arte que pretendía demostrar su inocente amor e impregnarla con la suficiente magia para que su destinatario nunca se separase de su autor.

A la hora del almuerzo entregarían la imagen. Daniel y Ágata aguardaron en el corredor de acceso a la oficina de Romaguera sentados en el suelo, jugando con unas cajas que les había regalado Lucila, sin hacer caso al frío del baldosín. Al niño le encantaba que Ágata, en momentos así, concibiera historias fantásticas sobre lugares en los que había gigantes, hadas, animales salvajes o laberintos imposibles de superar. En sus narraciones, Daniel, a regañadientes, debía asumir siempre el rol del malo. El tiempo pasó sin que los dos se dieran cuenta de que había llegado la hora de la cena y de pronto se abrió la puerta. Daniel tomó su dibujo y corrió emocionado a abrazar a Romaguera y mostrarle el regalo.

Romaguera suspiró y acarició la cabeza de Daniel, mientras este se abrazaba a su pierna con una mano y con la otra le entregaba el dibujo. El director tomó la lámina y sonrió:

—¿Y ese soy yo? ¡Quedé perfecto! —le había dicho—. Lucila, por favor, tómanos una foto y llama a la enfermera.

Lucila tomó la cámara y Romaguera se agachó para quedar a la misma altura del niño. Ambos, con las mejillas unidas y una gran sonrisa, posaron para la posteridad. La enfermera Esther llegó al rato y Romaguera le hizo señas para que se llevara a Daniel. El niño no entendió por qué si a Romaguera le había gustado el dibujo, le exigía partir. Con fuerza trató de aferrarse al cuerpo del director, gritando:

—¡No, por favor, no!

—Vamos, no te pongas así, ya sabes que las reglas son estrictas y además es hora de cenar. Llévalo al comedor, Esther —ordenó y, girando sobre sus talones, fue a encerrarse en la oficina.

La enfermera tomó de la mano a Daniel y a rastras lo llevó al comedor. En el forcejeo, Daniel vio que Ágata, escondida bajo la escalera, cubría su boca para ocultar sus quejidos. De todo eso se acordaba Daniel viendo la fotografía, así que volvió a colocarla sobre la mesa y se recostó en el espaldar de la silla. «¿Qué estará tramando? ¿Qué habrá hecho con los mellizos?», pensaba mientras sostenía la mirada de Romaguera, sin escuchar sus comentarios.

—¿Me entiendes?

—Obvio —le respondió.

—¿Seguro? No me convences. Por tu bien, espero que sepas qué hacer con tu hermano. Ya puedes irte.

—¿Ah? ¿Me despides sin más? Como lo hiciste con los mellizos, como lo haces cada día con los que desaparecen, que llegan aquí buscando respuestas que tú ocultas. ¿Dónde están los mellizos? —mientras hablaba, Daniel se fue levantando de la silla hasta poner las manos sobre la mesa, decidido a reventar todas las rabias que lo ahogaban.

—Ya deberías saber que el destino de ustedes no está aquí. Este es un lugar de paso —aclaró Romaguera, sin moverse de la silla ni intimidarse por aquel niño que jugaba a ser adulto.

—No sé nada porque tú nunca me has dicho nada. No sé de dónde vienen los niños de la niebla ni tampoco sé para dónde voy. Tú no tienes idea de cómo se siente comprobar que no perteneces a ninguna parte y que a la única persona que puede solucionarlo no se le da la gana —Daniel se inclinó y estiró los brazos con la intención de asir a Romaguera.

—¡Por favor, Daniel! ¿De verdad quieres llegar a esto? —le dijo Romaguera suavizando el tono de la voz y sin moverse un milímetro, porque sabía que si se ponía de pie lo doblaría en estatura y peso—. Sé que es difícil entenderlo porque aún no ha llegado tu tiempo. Te lo he dicho siempre, pero no me escuchas ni me crees. Cuando se revele tu destino, lo sabrás. ¿Acaso no te has dado cuenta de que estás perdiendo la oportunidad de disfrutar de todas las cosas maravillosas que tienes: ¿tus amigos, tu hermano y lo que te gusta hacer? Mira, si eso que quieres saber fuera tan indispensable para vivir hoy aquí, te aseguro que te lo diría. Quizás tu destino sea diferente al de los demás. Puede ser que la llegada de Jared te enseñe algo.

—Y si no es vital, ¿por qué no decirnos? —le contestó Daniel con la voz más calmada y aún de pie—. Quiero aclararte que para mí sí es importante.

En muchas ocasiones sus amigos le habían dicho que dejara de preocuparse por ese tema, pero él no cedía. Le decían terco y él prefería pensar que la terquedad también podía ser una virtud. En el fondo de su corazón entendía que cargaba con un dolor que no le pertenecía. Intuía que le ocultaban algo terrible de su pasado que le causaría mucho sufrimiento, aunque a veces sentía que su destino estaba signado por la eternidad.

—Quiero saber —volvió a decir.

—¿Por qué? —suspiró Romaguera.

—Porque quiero saber.

—¿Por qué? —volvió a preguntarle.

—Porque debo saber.

—¿Por qué?

—¡Porque tengo miedo! —gritó por fin Daniel.

Capítulo 3

La puerta de la oficina de Romaguera se abrió de golpe. Daniel saludó a la mujer alta y gruesa, vestida con una llamativa falda de colores y una blusa verde, que irradiaba una luz vibrante y alegre, muy necesaria en aquel instante en la oficina.

—Dani, cariño, no sabía que te encontrabas aquí —dijo Lucila ubicándose entre él y el director—. ¡Pero mira cómo has crecido y cómo estás de guapo! ¡Te dejo de ver un mes y parece que una vida entera te hubiera hecho cambiar!

Lucila acarició la cabeza de Daniel con una sonrisa que resaltaba aún más el carmesí de su labial. Después, con el dedo índice hizo presión en el entrecejo del joven hasta desvanecer esa pequeña arruga, fiel reflejo de una ira contenida.

«El efecto Lucila nunca falla», pensó Daniel. Siempre que estaba junto a ella, todo tenía más sentido. Ella le transmitía tranquilidad y seguridad. La voz de Lucila contenía el caos, instituía el orden, ofrecía respuestas y transmitía la certeza de que la felicidad es posible.

—Romaguera, ¿me puedo llevar a Daniel? Lo necesito en el almacén —dijo Lucila mientras lo rodeaba con su brazo.

—Dame un minuto que aún tengo que decirle algo.

—¿No le has dicho?

—No, Lucila. Concédeme un instante, por favor.

—Dani, querido —le dijo Lucila mientras se dirigía hacia la puerta—, Kaela y los demás van a necesitar mucho de ti.

La presencia de Lucila se esfumó, dejando sumida la oficina en un pesado mutismo que Daniel no tenía la intención de romper. El golpeteo de los dedos sobre el escritorio dejaba al descubierto cierta inquietud de Romaguera, quien tenía la mirada enfocada en un punto ubicado más allá de las paredes de su estrecha oficina.

—La verdad, no quería decirte y había decidido que las cosas siguieran su curso, pero eres el líder del grupo de los rebeldes. No te preocupes, que no me interesa saber de tus actividades. Ser el guía significa que eres responsable y quizás hoy te toque asumir un nuevo desafío: serás tú quien les cuente a tus amigos que los mellizos ya partieron.

—¡¿Cómo?! ¡¿Por qué ellos?! No era su turno, ¡era el mío! —explotó Daniel. Mientras hablaba, en su mente aparecían los rostros del grupo Kaela, Jakim y su amor por Briana y lamentó que su hermano no los hubiera conocido. Pensaba en la mala suerte que tenían, porque si hubieran hecho lo que habían planeado, quizás los mellizos estarían hoy con ellos.

—Esos son mitos. La partida es única, es personalizada y tiene su propia impronta. Lo de la estatura y esas cosas son leyendas. Lo que me interesa que comprendas es que los mellizos van a estar bien. Se fueron a un sitio donde vivirán tranquilos, seguros y en un ambiente amoroso.

A Daniel le quedó sonando esa última palabra, «amoroso». Qué podría saber Romaguera sobre el afecto alguien que sembraba dolor; él, que decidía quién permanecía y quién no; él, un especialista del abandono.

—Es difícil aceptar ese cuento de hadas —dijo por fin Daniel—. Y si yo no lo creo, mucho menos los otros. Si es un sitio tan entrañable al que se van, no debería existir ningún secreto. No se afane por responderme, que escuchar tanta falsedad me agota.

Daniel se levantó, y antes de salir le espetó:

—No trate de enseñarme cómo ser líder. Lo soy hace mucho tiempo y no necesito de sus consejos. Una última pregunta: ¿por lo menos los mellizos están juntos?

Romaguera, levantándose de la silla, le señaló la puerta.

—Eso espero —le dijo.

Capítulo 4

A Daniel no le daba miedo nada. Desde que había llegado a Sasbequiana no temía resolver a puñetazos una discusión acalorada. Con el tiempo aprendió a dominarse, pero jamás dejó de hacerse oír. El silencio y la sumisión no lo definían. Cuestionar y preguntar hasta el cansancio, eso lo hacía sin un atisbo de timidez. Su comportamiento le había valido que algunos lo evitaran y que otros lo siguieran solo para escucharlo o porque se sentían respaldados. En cambio, evadía compartir las malas noticias con inusual cobardía.

No pudo desayunar y prefirió deambular un poco por Sasbequiana. Deseaba contarle a Kaela lo ocurrido con los mellizos, pero al llegar al parque se detuvo. ¿Cómo le diría? ¿Cómo explicarle que no había logrado que Romaguera le dijera a dónde se habían ido? Se iban a asustar porque él seguía en turno y no los mellizos. ¿Y si lo de la estatura era un mito, como había dicho Romaguera? Entonces sus amigos corrían peligro. Desde su punto de vista, Romaguera mentía: no podía creer que los hermanos se hallaran en un buen lugar. Además, ¿por qué ni siquiera les permitían despedirse?

Se quedó contemplando la banca gris del parque. Recordó que justo ahí había visto por primera vez a los mellizos. Le agradó Briana por su desparpajo y se sorprendió con la timidez de Brandon. «¿Dónde estarán? ¿Cómo reaccionará Jakim?», pensaba.

Sin darse cuenta, desvió su recorrido y se dirigió a la reja por donde ingresaban los niños. A través de los barrotes solo se veía una senda de piedra cuyo trazado desaparecía en la primera curva. La ruta terminaba en Sasbequiana, pero su origen estaba oculto por un infranqueable enigma. Se aferró a los barrotes y con ambas manos agitó la reja con fuerza mientras dos lágrimas rodaban por sus mejillas.

—¡No los volveremos a ver! —gritó.

Resignado, continuó aferrado a las varillas hasta que los pasos de alguien corriendo lo sacaron de su ensimismamiento. Al girar la cabeza, lo identificó de inmediato.

—¡Jared, detente! —gritó y corrió hacia él para evitar que se cayera.

Jared, reconociendo a Daniel, se dirigió a su hermano dando alaridos de terror. Tenía los ojos desorbitados, la camisa fuera del pantalón, los zapatos con los cordones desatados y la imposibilidad de estirar su brazo atrofiado hacía que se tambaleara de un lado a otro.

Daniel no alcanzó a decirle nada porque, tan pronto lo tuvo cerca, Jared se le abalanzó, lo abrazó con fuerza y lloró como hacen los bebés cuando buscan consuelo en el pecho de sus madres.

—¿Qué te pasa? ¿Por qué estás aquí? ¿Qué tienes? ¿Alguien te hizo algo? —Daniel le hacía las preguntas tratando de mirarlo, pero su hermano se aferraba con tal fuerza que no lo podía apartar. Además, todo su cuerpo temblaba y lo recorría un sudor frío. En ese minuto se requería el silencio cómplice que solo saben entender los hermanos, y así fue.

Daniel le pasaba la mano por la espalda y Jared suspiró profundo varias veces hasta que pudo hablar con serenidad.

—Esta mañana, cuando me preguntaste si sabía de dónde venía, te mentí —dijo por fin mientras con el dorso de la mano iba limpiándose las lágrimas—. La verdad es un poco confusa. No es que recuerde el lugar, solo sé que estoy en algo que es tibio y está oscuro. ¡No quiero volver allá! ¡No quiero pensar en eso! ¿Tengo que volver? —a medida que iba hablando, Daniel sentía el cuerpo de su hermano trepidando, sus ojos lo contemplaban suplicantes—. Es como si alguien me estuviera botando...

Daniel tuvo que controlar el estremecimiento que le causó aquella confesión. Acababan de conocerse y ya tenían algo en común: ambos sabían lo que era el abandono.

—Me botaron y yo traté de aferrarme con fuerza a la pared, y no podía porque era resbalosa. Grité, pedí ayuda, pero nadie vino a salvarme, ni siquiera las sombras que siempre habían estado allí. Lo que no entiendo es por qué querían que me fuera, si no había hecho nada. Ni siquiera me había movido de aquel lugar. A quién podía estorbarle si vivía en mi espacio, no en el de nadie más. Después, todo acabó.

Daniel sentía una inmensa necesidad de protegerlo.

—Ya pasó. Ahora estás aquí conmigo, de hoy en adelante vamos a estar juntos contra el mundo. No te preocupes porque no voy a permitir que nadie te bote, te doy mi palabra. Estás conmigo y aquí te vas a quedar. ¿Sabes qué? A veces los hermanos somos impertinentes. Antes quería saber muchas cosas, eso acaba de cambiar porque ahora lo que más me interesa es que tú sepas que yo estoy para ti.

Jared asintió mirando inalterable el piso, como queriendo evadir aquella coyuntura. Daniel se agachó, le anudó los cordones de los zapatos, se levantó y le hizo señas para que se arreglara la camisa. Jared acataba obediente las indicaciones de su hermano hasta que sus miradas se tropezaron y no hubo necesidad de hablar más. Ambos requerían un abrazo, que se dieron hasta que un remanso de paz se apoderó de sus espíritus. Acababan de enterarse de que ambos compartían un dolor profundo, lo que no sabían era que muy pronto y de manera inexorable ese sufrimiento los separaría.

Capítulo 5

En Sasbequiana, cuando la noche anuncia su llegada, las calles no quedan sumidas en la oscuridad porque el cielo despejado y lleno de estrellas ilumina el poblado. La euforia invadía los corazones de los dos hermanos que, gustosos, olvidaron el dolor compartido. Se movían a grandes zancadas como si estuvieran a punto de perder una cita.

—Acompáñame, tengo que ir a un lugar —le había dicho Daniel a Jared y, marchando con paso firme, avanzaron por el sendero que conocía de memoria y que los llevaba a la casa de los mellizos.

—¿Qué pasa? —le preguntó Jared cuando Daniel frenó en seco ante la fachada del edificio.

—La verdad, no sé si quiero entrar.

Después de segundos, Daniel se decidió decidió y abrió el grueso portón con ímpetu. Se trataba del inmueble más antiguo y con los alojamientos más grandes. Nadie envidiaba vivir allí porque decían que se oían pisadas, voces y que algunos objetos aparecían en otra parte. Romaguera atribuía los ruidos a la vejez del inmueble y a la fantasía de sus habitantes. Sus palabras no convencían a nadie porque siempre quedaba un tufillo de misterio. Esa noche no había tiempo para fantasmas y los hermanos subieron los escalones hasta el cuarto piso.

—Es aquí —le indicó Daniel, ingresando al domicilio 4D.

La puerta estaba abierta y al entrar notó con sorpresa que no había ni una sola huella de sus anteriores ocupantes. Daniel pasó su mano muy despacio sobre una mesa en la que antes había una foto de los amigos. Con la ayuda de Jared movió la mesa y la ubicó contra una de las paredes, justo debajo del ducto de la ventilación. Subió sobre la mesa, movió la rejilla y del fondo sacó una caja de metal de esas en las que se empacan galletas. «No la pillaron», pensó. Luego dejaron las cosas en su lugar y le señaló a su hermano que tenían que irse ya.

—¿Quiénes vivían aquí? —preguntó entonces Jared, señalando una esquina de la habitación en donde se veía parte de una vieja fotografía.

—Mis amigos Briana y Brandon.

—¿Y dónde están?

—Desaparecieron —fue lo único que atinó a decir Daniel, empujando a su hermano para que saliera del domicilio.

Emprendieron la marcha a su casa, mientras miraban con recelo hacia atrás. Cruzaron veloces las calles y cuando llegaron respiraron con alivio. Daniel dejó a su hermano en su cuarto y, sin darle tiempo de preguntar nada, se encerró en el suyo.

El primer rayo de la luz mañanera atravesó la ventana y se clavó cual imperdible en los ojos de Jared. Se estiró con parsimonia y, dándole la espalda a la ventana, se quedó mirando un punto imaginario en la pared.

—Tengo un hermano —se dijo en voz baja—, no lo puedo creer.

De un salto salió de la cama y fue donde Daniel. Lo encontró dormido sobre las cobijas, usando la misma ropa del día anterior. En su regazo había un cuaderno de apuntes abierto de par en par. A Jared le pudo más la lealtad que la curiosidad, así que prefirió despertarlo, no sin antes notar que la misteriosa caja había desaparecido.

—Daniel, son las siete, tenemos que irnos ya —le dijo mientras lo movía con suavidad y procuraba que no se le cayera el diario.

—Está bien —respondió Daniel haciendo un esfuerzo enorme por levantarse—. No dormí bien —confesó enderezándose.

—¿Te ayudo en algo? —consiguió preguntar Jared, pero Daniel ya lo estaba empujado con sutileza fuera del cuarto. Necesitaba con urgencia espacio para tomar una ducha, cambiarse y pensar en qué le diría a Kaela y a los demás sobre los mellizos. Había tomado la decisión de no compartirles lo que había encontrado en la caja.

—¿Y dónde la pusiste? La caja. ¿Qué hiciste con ella? —preguntó Jared.

Daniel se limitó a mirar al vacío, darle la espalda y meterse al baño.

En el comedor flotaba el acostumbrado barullo en el que se mezclaba el golpeteo de los platos y los cubiertos con los murmullos, las charlas y los gritos de los comensales. No había un rincón vacío. Los más de doscientos puestos estaban ocupados. En el interior de las tazas el jugo y el chocolate se mecían de un lado a otro, pero niños y adolescentes tenían la habilidad de llevarlas jugando hasta su mesa sin derramar una gota.

Kaela ya había llegado y al verlos se levantó con una sonrisa para mostrarles el desayuno servido. Daniel y Jared se quedaron mirándola por una fracción de segundo antes de acercarse a saludar.

—¿Dónde andaban? Creímos que se encontraban junto a los mellizos, que Romaguera los había retenido… —les planteó apenas llegaron a la mesa, pero ninguno contestó. Se sentaron. Daniel mirando el plato y Jared esperando a que hablara.

Este era el segundo día sin los mellizos y estaban aún más sobrecogidos por la misteriosa desaparición de Daniel. Jakim lucía inquieto y miraba con frecuencia hacia la entrada esperando que Briana apareciera. Pensaba que quizás se trataba de un castigo de los que solía aplicar Romaguera. Tenía fe en que hoy volvería a encontrar a su adorada amiga.

A Kaela la expresión de Daniel y el silencio de Jared le resultaron sospechosos.

—Habla de una buena vez —le dijo Kaela a Daniel.

—Los desaparecieron —expresó, por fin, Daniel, despacio y con calma—. Ya la gente de Romaguera se llevó todas sus cosas.

La noticia los dejó mudos. A pesar del ruidoso ambiente, aquella mesa quedó cobijada por una escarcela en la que solo se oían sus respiraciones. Los ojos caían sobre Daniel, esperando que explicara lo inconcebible. ¿Por qué a los mellizos? ¿Por qué los dos al tiempo? ¿Por qué si seguía Daniel?

Daniel se acercó a Kaela, Jakim y Jared, y en voz baja les contó lo sucedido el día anterior.

—Romaguera me dijo que están bien, que están juntos y cuando le dije que por qué ellos y yo no, me explicó que lo de la estatura era un mito inventado por nosotros. Que el turno es para el que le corresponde y que el ciclo en Sasbequiana había concluido para los mellizos.

Nadie quiso comer ni hablar. Jakim se puso en pie y los invitó a que se fueran. A Kaela le temblaban las piernas cuando se levantó. Jared también se levantó sin comprender del todo lo que ocurría. Daniel, antes de marcharse, tomó la silla de Brandon y la colocó patas arriba sobre la mesa; Jakim hizo lo mismo con la de Briana. Las voces del comedor se fueron apagando, los comensales dirigieron las miradas hacia Daniel y sus amigos. Algunos se mostraron sorprendidos y tristes de inmediato, otros hablaron con el vecino y entendieron, hasta que alguien se puso en pie y los demás lo imitaron. Solo se escuchó el ruido de las sillas moviéndose y todos permanecieron erguidos y en silencio, mientras Daniel y su grupo atravesaron el salón en medio de aquel simbólico adiós que ofrecían los sasbequianos a los amigos que ya no estaban, pero que todavía vivían en los corazones de los que los conocieron.

Afuera, se dirigieron al viejo árbol como autómatas. Kaela se sentó en la banca y los demás lo hicieron sobre el césped. Jakim no quiso levantar la cabeza y respiró con fuerza para atajar las lágrimas que querían escapársele. Jared se acercó al árbol y extendió los brazos para abrazarlo con todo su amor. Nunca había visto algo tan maravilloso y se sentía protegido. Daniel lo observaba tratando de encontrar las palabras que se rehusaban a salir de su boca.

—Y ahora, ¿qué vamos a hacer? —dijo por fin Jakim.

—Tenemos que actuar con más velocidad —respondió Daniel y los demás voltearon a mirarlo—. Sabemos que cualquiera de nosotros puede ser el siguiente. Si hubiéramos mantenido el plan, sería factible que los mellizos estuvieran con nosotros. Tenemos dos opciones: echarnos a llorar o buscar la salida por nuestra propia cuenta. No estoy dispuesto a esperar con los brazos cruzados. Quiero saber y voy a averiguarlo. Ya no tengo nada que perder.

Mientras hablaba, Daniel fue percibiendo que en los ojos de cada uno había esa chispa de valor, a excepción de Kaela.

—Nos vemos esta noche en El Espanto —continuó—. Vamos a reactivar el plan. Hagámoslo por los mellizos, que siempre soñaron con esta aventura.

Jakim, con las manos en los bolsillos, se marchó sin despedirse; en tanto que Jared seguía abrazado al árbol con una apacible sonrisa, momento que aprovechó Daniel para sentarse junto a Kaela.

—No has dicho una palabra.

—Todavía no me repongo de la noticia. No puedo creer que no voy a volver a ver a Briana. La verdad, no te escuché, no quise oír lo que decías —le dijo Kaela y, acariciándole la cabeza, le dio un beso en la frente para marcharse sin decir nada más.

Capítulo 6

Los días se sucedían y Daniel no podía creer que Jared fuera tan diferente a él. Su hermano era desordenado, incumplido, olvidadizo y, lo más increíble, sin un asomo de remordimiento. La casa entera permanecía en un porfiado caos. Había logrado traspasar la frontera de su cuarto y ahora la anarquía reinaba en cada rincón. De nada valían las recomendaciones de Daniel, los letreros de dónde ubicar la ropa o que el día comenzara y terminara con un listado de enunciados de las cosas que no debían hacer. La anarquía permanecía inmutable. Jared encarnaba el desbarajuste de un terremoto incontrolable y era la mejor excusa para aplazar el plan de huida. La rutina suele servir bien a quien quiere esconder el dolor de la ausencia.

—Se te va a hacer tarde ¡y es la última vez que te lo digo! —repitió Daniel cuando se aburrió de escuchar el agua de la ducha y la misma estrofa cantada en diferentes tonalidades, que ni siquiera era una melodía, solo un gritico con el sonido de la escala musical.

—En un minuto salgo —contestó Jared, sin afán.

Daniel se repetía todo el tiempo que por ser el mayor debía tener paciencia, algo que no conocía que tuviera, pero que su querido hermano se había empeñado en enseñarle. Mientras Jared se dignaba salir, Daniel recogía el desorden. Le molestaba entrar al cuarto de su hermano, pero si no lo hacía, temía que un día saldrían de allí animales fantásticos. Siempre se sorprendía del desbarajuste. Reunió la ropa sucia y cuando la fue a poner en la cesta, vio en el fondo la camisa gris.

—Jared —gritó—, ¿otra vez? Te dije que no cojas mis cosas sin decirme.

—¡Lo siento!

Daniel se volteó para continuar la discusión con su hermano, pero lo único que logró fue sonreír cuando le vio el turbante que se había hecho con la toalla y cómo movía las manos igual a una bailarina de danza clásica, mientras cantaba con vocecita delgada:

—Perdón, perdón, perdón. Te amo, hermanito —hasta ahí llegaron los reclamos y Daniel, entre serio y paciente, fanfarroneó con no aguardarlo más.

Pero eran amenazas que no cumplía: casi siempre permanecía en la salida del edificio, esperándolo. Luego iban a la Casa de Arte, donde Kaela y los otros chicos asistían al proceso de acondicionamiento. Desde el primer día, Jared siempre fue amable como le había enseñado su hermano, saludaba a cada cual y no se metía en problemas. Daniel le había recomendado mantenerse alejado de Romaguera y cumplía esa instrucción al pie de la letra: corría a esconderse cuando lo veía venir por los pasillos.

Luego de tres semanas en Sasbequiana, Jared ya no tenía nada en el brazo. Tampoco ninguno de los demás niños que, junto con él, llegaron lesionados. Conformó su propio grupo de amigos, con los que jugaba mucho, pero siempre prefería estar con Daniel y Kaela. Los días transcurrían entre actividades lúdicas y explicaciones de los más grandes sobre cómo era Sasbequiana.

Si Daniel sobresalía porque sus opiniones influenciaban a los demás, por su lealtad con los amigos y por su aspecto ordenado y bien puesto, su hermano brillaba por una risa pegajosa que le salía del estómago y que se oía en todo Sasbequiana, al decir de Daniel, y por una capacidad de llorar a lágrima viva cuando alguien o algo lo conmovía. No tenía límites en sus emociones. Desde que recuperó su brazo, solo lo utilizaba para acoger a los demás, así que no era raro encontrarlo siempre abrazado a otros niños, consolándolos o gozoso por el simple placer de compartir. A eso se añadía un talento innegable para cantar que Lucila descubrió y por ello no dudó en incluirlo en sus clases, donde se destacó con facilidad.

Kaela sentía un tierno afecto por Jared y no dejaba de reír cuando él le hablaba de los regaños de Daniel a causa de su desorden. Ella, como los demás, estaba subyugada por el efecto Jared. Se rendían a los encantos del niño que, conocedor de su magia, se creía con la misión de ser carcajada y no tristeza. Por eso le perdonaban todas las pilatunas, porque ocurría que cada gesto, cada movimiento, cada travesura buscaba un bien mayor: la alegría general.

Cuando por fin terminó de vestirse, Jared le contó a su hermano que tendría que hablar con Romaguera, porque había citado a los nuevos y él no podía faltar.

—Lo sé —le dijo Daniel—. No temas, son cosas que él tiene que decirte. Escúchalas, sé cortés, pero... no sé cómo decirte... no quiero que te ilusiones y después termines con el corazón roto.

—¿Como tú? —interrumpió Jared.

—¿Por qué lo dices?

—Lucila me ha contado cosas. Dijo que cuando llegaste te confundiste y habías pensado que Romaguera sería un hermano mayor para ti y que, cuando te diste cuenta de que no era así, te llenaste de rabia y por eso no lo perdonas.

—No me gusta que hables con Lucila de mí. Las cosas no son como ella dice.

—Entonces, ¿cómo son?

—Complicadas... ¡y tú eres muy preguntón!

Jared se acercó a Daniel y lo abrazó por la cintura, le dio un beso en la mejilla, luego le hizo cosquillas y salió huyendo. Llegó de último a la reunión donde ya unos cincuenta chicos se encontraban sentados y en silencio. Sus rostros se relajaron de solo ver la enorme sonrisa que Jared dirigía a sus compañeros al entrar, pero sin mirar a Romaguera.

—Como les venía diciendo, hoy queremos compartirles algunos misterios de Sasbequiana. Por favor, levanten la mano quienes tenían alguna molestia en su cuerpo —veinte manos se levantaron—. A ustedes les pido que bajen la mano si esa molestia desapareció —todos bajaron la mano.

Romaguera, paseándose por el salón, fue explicando que en Sasbequiana no había lugar para las enfermedades y que, por el contrario, el bienestar estaba siempre presente. Les dijo que con el paso de los días sus habilidades se desarrollarían y los invitó a disfrutar de la Sala de Artes y a participar en obras de teatro, hacer esculturas, vincularse al coro o hacer manualidades.

—Si de repente no saben qué hacer, no se preocupen, es normal. Prueben en todas partes y de seguro con el tiempo encontrarán lo que más les gusta. ¿Alguna pregunta?

—¿Vamos a volver al sitio de donde vinimos? —preguntó una pelirroja llena de pecas.

—¿Cuántos de ustedes recuerdan de dónde vienen? —preguntó Romaguera con un ligero temblor en los labios, mientras se ajustaba los lentes, pero nadie respondió—. ¿Entonces cómo van a volver a un lugar que ya no recuerdan? Quizás el tiempo presente sea el que necesitamos y tenemos que atesorarlo. Si ese pasado fuera tan importante, no lo hubieran olvidado. A lo mejor ya hicieron allí lo que tenían que hacer. Lo más valioso para ustedes es el hoy.

—¿Cuánto tiempo estaremos aquí? —preguntó Jared, armándose de valor.

El director, adivinando el origen de aquella animadversión, se acercó pausado al muchacho. Este iba pegando la espalda contra la silla y lo miraba con los ojos más abiertos de lo normal.

—Jared, sabía que tú harías esa pregunta. Eres un fiel hermano —al niño le tomó por sorpresa que supiera su nombre—. La estadía aquí no es permanente. Llegará un tiempo en que tendremos que marcharnos a otra parte que está destinada para cada uno. Es un recorrido individual y solo el que lo haga tendrá derecho de conocer su destino. A veces me llegan comentarios sobre supuestos sitios misteriosos —Romaguera le acarició la cabeza a Jared, quien permanecía serio—. No existen. Solo cuando llega el tiempo de partir se le avisa al interesado y este se marcha. A veces quienes nos quedamos tenemos la idea de que han desaparecido, pero en realidad están acogiendo su destino.

—¿Como los mellizos? —preguntó Jared con un hilo de voz.

—Como los mellizos —le respondió Romaguera, quitando presto la mano de su cabeza.

El resto de la charla la dedicó a explicar una a una todas las actividades que podían hacer los chicos. Les dio la oportunidad de hablar y el ambiente se fue relajando hasta el punto de que todo el grupo volvió a escuchar la carcajada inconfundible de Jared. En ese punto, Romaguera dio por terminada la reunión.

Salieron urgidos, todos menos Jared, que se quedó mirando al director y, resuelto, se encaminó hacia este, que recogía sus papeles.

—¿Qué quieres, Jared? —le dijo cuando sintió que se aproximaba.

—Me gustaría saber por qué no quiere a mi hermano.

Romaguera se desplomó en la silla, mirándolo con cariño.

—Hay mucha historia que todavía no entiendes. ¿Él te dijo eso? Me da mucha tristeza que lo piense. A tu hermano lo aprecio tanto como a los demás muchachos. Voy a compartirte un pequeño secreto. Aquí todos me dicen director, pero en realidad soy el Temaszin, es decir, mi misión es preparar a los niños para dar el siguiente paso. A veces los chicos se trastornan y cuando se dan cuenta de que no puedo darles un amor exclusivo, no lo aceptan. Eso es algo que tu hermano nunca ha entendido y yo confío en que más adelante lo hará. Ya lo verás cuando crezcas un poco. Llegado el momento, tal vez me juzgues de otra manera y quizás seas tú el que nos ayude a restablecer la cordialidad, ¿por qué no?

Y diciendo esto se fue del salón, dejando a Jared con más dudas que certezas.

Capítulo 7

La vida en Sasbequiana había retomado su rumbo. Cada cual hacía su tarea y, salvo Kaela, Jakim, Jared y Daniel, nadie se acordaba de los mellizos. Daniel se había dedicado a cuidar a su hermano, Kaela seguía pendiente de sus esculturas y Jakim encontró en la lectura un refugio seguro para borrar de la memoria su soledad.

Cada vez que venía un nuevo grupo de niños, asistían con revuelo a la entrada para ayudar a acomodar a los nuevos. Jared existía para ser la alegría de sus compañeros, quizás por ser el inexperto y el más joven. Daniel destinaba su tiempo a organizar a todo el mundo, haciendo recomendaciones y cuestionando cada una de las decisiones de Romaguera. En cambio, Jakim merodeaba envuelto por una sombra melancólica y sus palabras se oían signadas por la derrota, al igual que Kaela, quien desde la partida de los mellizos se había encerrado en un mutismo que opacaba a la aventurera y valiente niña de antes.

Ahora lo que los mantenía más unidos que nunca era la certeza de que en cualquier momento alguno podría desaparecer. Las palabras de Romaguera les habían sembrado más dudas. Según él, lo de la estatura era un mito y eso los hacía sentir más más confundidos y vulnerables. Cada mañana se les iluminaba el rostro cuando se volvían a encontrar y en la noche se despedían con el corazón apretado y muchos abrazos, dando por sentada que la partida era inevitable e impredecible.

Entonces Daniel, harto de la zozobra, decidió que había que retomar los planes y los convocó a El Espanto.

El Espanto era una vieja residencia ubicada en el último piso de uno de los edificios más aislados de Sasbequiana. Solo se podía acceder a través de una escalera pequeña de madera vetusta. Fue Kaela quien un día se atrevió a cruzar el umbral. Se encontró con un piso que con el tiempo transformaron en su guarida secreta. Lo llamaban El Espanto porque en la puerta de entrada se veía sombreada la silueta de un cuerpo. Decían que allí habían desaparecido varios chiquillos y que en noches sin estrellas se oían cadenas y lamentos. Ellos estuvieron de acuerdo en corroborar las historias para que nadie se acercara. Hacía tiempo que sabían que el supuesto fantasma florecía en la mancha de humedad de la vieja puerta de madera.

Con el tiempo fueron aportando pequeñas pertenencias para colonizar este espacio. Kaela colocó sus almohadones de colores y en la pared pegó cuadros de los paisajes que dibujaba. Daniel hizo un pequeño banco y una mesa de poca altura para sus papeles, los mapas y un tarro con los lápices. Jakim prefirió la comodidad de una colchoneta que había encontrado en el basurero. Un día decidieron extender una gran manta en medio del salón, como si fuera una mesa de reuniones. Allí concebían sus planes de huida.

A pesar de que ya habían transcurrido varias semanas, no se sentían cómodos aún. Kaela acudió a la cita llevando una manta sobre los hombros, se dirigió a su nido, sacudió el polvo que se había acumulado en los almohadones, enderezó uno de los cuadros y se sentó mirando el hoyo de la ausencia. No quería hablar. Jakim había sido el primero en llegar para colocar sobre la colchoneta un pañuelo rojo que perteneció a Briana. Un saludo lacónico fue lo único que logró salir de sus labios. Daniel llegó con Jared y se fue a su rincón, donde tomó la flor seca que estaba sobre su pequeña mesa. Recordó que fue un regalo de Briana para decirle que él también podía ser feliz.

—¡Qué lugar tan maravilloso! —dijo de pronto Jared—. ¡Qué escondite! Aquí podemos jugar a muchas cosas —mientras hablaba corría de un lado a otro tratando de ver cada rincón—. Kaela, ¡qué hermosos cuadros! ¿Los dibujaste tú...? Hermanito, mira cómo hay de polvo en tu perfecto orden y… este espacio, ¿de quién es? —dijo, señalando el lugar de Briana y Brandon.

Los mellizos habían fabricado un espaldar con madera y espuma para recostarse y pegaron fotos en la pared. Si se observaba con detenimiento, quedaba al descubierto que la forma ordenada como Brandon ubicaba las fotos, siguiendo una secuencia, contrastaba con el revoltijo multicolor de Briana.

—Ese es el puesto de los mellizos —le respondió Daniel—. Ven, siéntate aquí.

Jared miró a su hermano y luego a los demás, reparando en sus ojos de tristeza. Eligió a Kaela, se sentó a su lado y la rodeó con sus brazos hasta que ella desató el nudo que llevaba amarrado en su interior. Los demás comenzaron a acercarse y así entrelazados soltaron su tristeza, su pesadumbre, sus recuerdos y el profundo amor que los unió desde que se conocieron.

—Ojalá yo pueda tener unos amigos como ustedes —dijo de pronto Jared, a lo que le respondieron despeinándole la cabeza—. ¿Qué van a hacer con las cosas de los mellizos? Deben decidirlo juntos.

Kaela fue la primera en levantarse y tomar algunas fotos del mural. Daniel la imitó. Jakim preguntó si se podía quedar con el espaldar de madera y todos estuvieron de acuerdo. Jared apiló el resto de las cosas y las guardó en una caja que había encontrado en otro cuarto. A medida que iban desprendiéndose de cada recuerdo, surgían historias y anécdotas, como cuando Briana llegó con un ojo morado por una pelea con Walter, un niño fuerte y alto, o la vez que Brandon se escondió en casa de Kaela para prepararle una torta de sorpresa a su hermana, que resultó en una pasta insulsa que nadie quiso probar. Al final, sus rostros comenzaron a iluminarse con la alegría que despiertan los buenos tiempos vividos.

Después volvieron a ocupar sus lugares en la estancia. Aún había un tema que los tenía preocupados: cualquiera de ellos, incluso Jared, podía ser el siguiente en desaparecer.

—Se nos agota el tiempo, tenemos que irnos —dijo Daniel—. Tenemos que cruzar la reja y ver con nuestros propios ojos lo que hay más allá. Es la salida, no tengo duda.

—¡No! —gritó Jared despavorido—. ¡Dijiste que me ibas a proteger! Ese lugar no me gusta, no debemos ir allá. Lo prometiste —con los ojos aterrados sacudía histérico a Daniel, quien esquivó cada palmada hasta que lo tomó de ambas manos.

—Te vas a calmar y me vas a escuchar —le dijo Daniel—. En este viaje tú no vas a ir porque tienes la oportunidad de vivir más tiempo que cualquiera de nosotros.

Jared lo miró desconsolado y, haciendo un gran esfuerzo, controló su respiración, lo suficiente para decirle a su hermano:

—¡También tú me vas a abandonar!

Kaela no pudo soportar más aquella escena, se fue junto a Jared y, cobijándolo con sus brazos, lo llevó a su rincón hasta acomodarlo en uno de sus cojines. Pasaron unos cuantos minutos de silencio, suspiros y miradas juzgadoras, acompasados por el goteo insoportable de la llave de la cocina que nadie sabía arreglar, hasta que una vez más se instaló el desasosiego en su ánimo.

—¿Estás seguro de que quieres ir a ese el sitio? —preguntó de pronto Jakim—. Siempre habías dicho que existía una posibilidad. ¿Por qué ahora sí estás convencido?

Todos miraron a Daniel.

—La verdad es que... tengo una pista que antes no tenía —dijo por fin—. Encontré la caja en el alojamiento de los mellizos, ¿la recuerdan?, la de Jimbo. Hace un tiempo, Brandon me contó que la había descubierto y yo le pedí que la guardara y que no le contara a nadie. Fue en la época en que Romaguera no me dejaba un minuto en paz. Después lo olvidé y cuando dijeron que lo de Jimbo era un invento, creo que decidí dejar de lado lo de la caja hasta el día en que los mellizos se desvanecieron y lo recordé.

Ninguno de los presentes sabía de la existencia de la caja. Pertenecía a una leyenda que solo los más antiguos recordaban. Se hablaba de un niño llamado Jimbo, quien luego de ausentarse volvió a Sasbequiana, el único en lograrlo. Decían que Romaguera lo había aislado y que después de mucho tiempo se esfumó como si nunca hubiera existido. Con el tiempo creció el rumor de que Jimbo ocultó una caja con pistas sobre el exterior.

—¿Y qué tiene de especial esa caja? —preguntó Jakim.

—Al día siguiente de la desaparición de los mellizos, Jared y yo fuimos a su domicilio y la busqué en el lugar donde Brandon me había dicho que dejaría la caja. Me la llevé a la casa y cuando la abrí hallé un pedazo de papel, doblado con cuidado, con una nota que decía: «En la muerte también hay vida. Llegar es también partir. Jimbo».

—¿Qué quiso decir con eso? —preguntó Jared

—Lo he estado meditando mucho —se apresuró a responder Daniel—. Si se fijan, la frase es como un círculo, sin principio, ni final. Es lo mismo que pasa con el camino por donde llegan los niños de la niebla: el final es Sasbequiana, pero el principio debe estar en donde ellos comienzan la ruta. La historia dice que Jimbo se fue por el camino por donde llegan los niños de la niebla. Él fue y volvió, no sé por qué. Romaguera no lo dejó hablar con nadie. Estoy seguro de que la respuesta está ahí.

Se quedaron en silencio. Jared se cubría el rostro con la manta que le había dado Kaela.

—Creo que tenemos un chance —dijo de pronto Kaela—. Lucila nos dijo ayer en la biblioteca que nos preparáramos porque muy pronto llegaría un nuevo grupo de niños. Podríamos aprovechar ese momento.

—Sí. Nos vestiremos de blanco para confundirnos con la neblina —propuso Jakim aunque en los rostros de los demás se dibujó una sonrisa ante su ingenuidad.

Eso fue suficiente para que se entusiasmaran y, como en los viejos tiempos, comenzaron a planear paso a paso la fuga. Daniel respondía cada duda e insistía en que, si tenían otra solución, la dijeran. Kaela planteó una ruta que ya habían recorrido en el pasado: el sendero de la montaña. Un camino ubicado detrás del basurero que nadie usaba porque estaba sellado con una cerca de alambre.

—¿Recuerdan que llegamos a la Y, elegimos mal y nos devolvimos? Esa podría ser la salida —dijo Kaela.

Repasaron cada uno de los planes que habían preparado y rememoraron los fracasos porque, siempre, en un parpadeo, las cosas cambiaban, algo pasaba, alguien decía estar enfermo, Romaguera parecía saber lo que organizaban o misteriosamente desaparecían sus mapas.

—Lo haremos durante la próxima llegada del cargamento —interrumpió Kaela—. Nadie esperará que desaparezcamos ese día. No podemos irnos solos, tenemos que invitar a otros niños a que se nos unan.

Daniel les preguntó sobre la propuesta de Kaela. Todos aceptaron, menos Jared, que prefirió mantenerse recostado en el regazo de Kaela.

La reunión terminó y cada uno se fue a su dormitorio. Daniel, al ver la cara acongojada de su hermano, le rodeó los hombros con su brazo.

—Lo que hiciste allá fue maravilloso, lo necesitábamos. Nunca creí que mi hermanito me enseñara tanto.

—¿Qué hice? —respondió Jared algo reconfortado, pero con una pequeña inquietud en su corazón.

—Decirme lo mucho que me quieres. Y es por esa misma razón que me voy a encargar de que no te pase nada.

—Ya lo veremos.

Capítulo 8

La mañana sorprendió a los hermanos con el cansancio y el mal humor que se instala cuando el sueño no acude a su cita nocturna. La quietud inusual dentro de la residencia era interrumpida de vez en cuando por el sonido de un portazo o de una carcajada de los vecinos. Ese día, la felicidad andaba muy lejos para ellos.

Jared no pudo soportar más tanta quietud, lanzó las cobijas al aire y se fue directo a la ducha. Confiaba en que el agua cayendo sobre su piel arrastraría tras de sí el miedo que le oprimía el pecho y tendría entonces la fuerza para hacer lo que había decidido, algo que quizá equivaldría a la pérdida de su hermano.

—No voy a pensar más —se dijo.

Con vigor, se secó el cuerpo y se vistió con lo primero que encontró sin hacer mucho ruido. Antes de abrir la puerta se detuvo un instante para mirar la bufanda de cachemira rosada con lentejuelas que había ocultado entre sus suéteres. «Todavía no», consideró, y salió de su habitación.

—¿Adónde vas? —fue la pregunta que le soltó Daniel, dándole la espalda mientras se servía un vaso con agua. Giró sobre sus talones y se le quedó mirando a los ojos—. ¿Qué vas a hacer? —tomó un sorbo de agua y adivinó en su expresión de sorpresa sus intenciones—. ¿Comprendes lo importante que esto es para nosotros?

Jared se sentó en el sofá y sin levantar la cabeza le dijo:

—Tú no sabes qué hay allá.

—Tú tampoco —le recriminó Daniel—, solo tienes unos recuerdos confusos.

Jared se levantó dispuesto a golpearlo, pero explicó:

—No son confusos, son dolorosos. Alguien allá no me quiso, alguien me odió tanto como para no querer estar conmigo, me causó dolor y me abandonó.

Daniel por una fracción de segundo dudó, vio el dolor de su hermano y evadió la mirada mientras tomaba la jarra para llenar de nuevo el vaso.

—Esos son tus recuerdos —le dijo con suavidad—, pero no necesariamente son los míos —mintió, porque en verdad él ya no recordaba nada.

Le ofreció el vaso a su hermano. Jared dudó unos instantes, lo recibió y se lo tomó de un trago.

—De verdad no entiendo por qué están tan obsesionados con irse —le dijo Jared a su hermano tras volverse a sentar—, qué es lo que los empuja a buscar algo que no conocen, por qué quieren irse si aquí tienen todo. Tú y yo acabamos de conocernos, hay mucho que quiero aprender de ti —bajó la cabeza y, mirándose las manos que no dejaban de temblarle, le preguntó con voz quebrada—: ¿Por qué, explícame, por qué tú también quieres dejarme?

Daniel se le acercó con lentitud y, tomándole las manos para que se pusiera en pie, lo abrazó con fuerza, esperando que su hermano entendiera lo mucho que lo amaba a pesar de los pocos meses que llevaban juntos. Luego se apartó y, mirándolo a los ojos, le dijo:

—Te voy a decir algo que no le he confesado a nadie —y, bajando la voz, Daniel explicó—: Siempre he sentido que alguien me extraña, que alguien sufre con mi ausencia y que si estuviera allí sería distinto. Al principio supuse que sería Romaguera, luego, con el paso del tiempo, me di cuenta de que él no correspondía a ese afecto. No sé cómo explicártelo, pero es algo que siento aquí, muy dentro, y también que soy responsable de aliviar el dolor de mis amigos, el tuyo, el de todos. También estoy seguro de que Romaguera lo sabe y lo calla porque no le importamos nada.

—No me parece. Cuando estuve junto a él me dio la impresión de ser un buen tipo —dijo Jared y agregó de inmediato al ver la cara de su hermano—. Claro que nunca he hablado a solas con él. Siempre he seguido tus consejos.

Jared decidió cambiar de planes. Ya no iría a donde Romaguera a contarle lo que preparaban su hermano y sus amigos. Se sentó en el sofá mientras Daniel terminaba de recoger el reguero de siempre.

—Si te cuento lo que recuerdo, ¿no te irías? —planteó de pronto Jared.

Daniel giró sorprendido.

—Te soy sincero. Estoy seguro de que nada hará cancelar mi partida, pero también me gustaría saber, solo si tú quieres… —le confesó Daniel, recordando el día que tuvo la pesadilla.

Jared cerró los ojos y tomó aire, esperando poder contarle aquello que le abrumaba sin que el llanto le interrumpiera el relato.

—Todas las noches me vuelvo a sentir allí —dijo, hablándole al vacío—. Está oscuro o eso me parece, aunque a veces creo que no puedo ver. Pero escucho todo muy bien. Oigo el agua que corre y el tictac de un reloj, es lo que siempre está ahí. Tampoco me puedo mover. Te sonará raro, pero la verdad no quiero moverme. Hay un instante en que algo o alguien me arroja de un lado a otro, pero con suavidad. No es para empujarme, es como si me meciera…

—¿Y te da miedo? —le interrumpió Daniel.

—No, al contrario, me siento muy bien —Jared entró en trance como si estuviera volviendo a vivir aquello—. Tengo la misma sensación de cuando llegué aquí, todo es nuevo, en especial los sonidos. A cada instante percibo uno diferente que intento descifrar.

Estoy obsesionado con escuchar. Siento como un rumor, un eco o un silbido y lo que hago es aprendérmelo. Hay tantos que nunca me aburro, no te imaginas lo que puede uno escuchar si presta atención. Por encima de todos esos ruidos, percibía la voz…

Jared se estiró en el sofá y Daniel no hizo ningún movimiento para evitar que su hermano perdiera la concentración.

—La voz es la de una mujer, parecida a la de Kaela o Lucila. No tiene un ritmo similar a los otros ruidos. A veces es veloz; otras, dulce; otras, feliz, y un par de veces me pareció triste. También hay otras voces, aunque con la de ella me siento que soy yo y al mismo tiempo no lo soy. Esa voz coexistía en mí, no sé cómo explicarlo mejor.

—¿Y qué pasó? —le preguntó Daniel mientras se recostaba contra la pared para disimular el estupor que le había causado escuchar: «Esa voz coexistía en mí», una sensación que él ya había experimentado y que ahora recordaba con nitidez.

—Lo que ocurrió —dijo Jared respirando hondo para mantener la compostura— es que un día escuché esa voz y otras más. Siempre me alegraba de escucharla porque me sentía protegido y resguardado. Yacía feliz. Había otras voces que tenían un tono similar, pero más parecido al de Romaguera. Luego de unos minutos noté la tristeza y sentí que algo cambiaría a mi alrededor.

Jared se levantó y se sirvió otro vaso con agua.

—Fue en un instante: una luz fuerte iluminó todo y escuché con claridad la voz llorando y sentí un viento, también fuerte. Lo que había a mi alrededor y yo mismo empezamos a girar como en una espiral. Descendía rebotando de un lado a otro, golpeándome contra paredes viscosas hasta que terminamos en un túnel negro. Vi cómo me rompía sin poder hacer nada. Traté de agarrarme de algo, pero no tenía manos, no tenía brazos, no tenía nada. Me golpeaba contra las paredes del túnel y rebotaba de un lado al otro hasta que no quedó nada, ni yo.

Se tomó un trago grande de agua, respirando agitado, y ya no pudo contener las lágrimas que le salían sin pudor.

—¿Puedes explicarme por qué la voz no hizo nada? —le preguntó a Daniel.

—No sé, quizás le correspondía no estar contigo —balbuceó Daniel—. Tal vez en medio de tus emociones le atribuiste un poder que no tenía. A lo mejor tu destino consistía en no estar más tiempo allí. Acaso convenía que así ocurriera para poder llegar hasta acá. Lo más probable es que así debiera haber sucedido para que tú y yo pudiéramos conocernos. Estoy convencido de que el destino se construye cada día con las pequeñas cosas que hacemos o que nos pasan. Aquí, en cambio, no tenemos ningún control sobre nuestro futuro.

—No he terminado —lo interrumpió Jared—. Cuando desperté me hallaba en un lugar donde ya no había agua, no sentía calor ni frío, no veía nada con claridad y el temor ya no existía, estaba tranquilo. Por primera vez vi mi cuerpo, que nunca había visto. Me estiré un poco, pero no pude levantarme. Alguien vino y me ayudó. Fue una mujer; ella solo se ubicó a mi lado para que pudiera apoyarme y comenzamos a movernos durante no sé cuánto tiempo hasta que vi una luz. Me señaló con la mano un sitio que me parecía irreal y me dijo que siguiera. Giré para despedirme, y ya no había nadie. Cuando volví la cabeza, apareciste frente a mí.

—¡No puede ser! ¿Yo? Y antes, ¿no viste algo más? ¿La senda? —preguntó Daniel mientras Jared negaba con la cabeza—. Tenías que haber visto algo, llegaste con mucha gente, ¿no hablaste con los otros?

Jared se le plantó de frente y le soltó la frase que Daniel no quería oír.

—Al único que vi fue a ti. La única luz que guiaba mi camino. No vi nada más porque no hay nada allí.

Daniel ocultó su interés por hacerle muchas más preguntas sobre lo que había visto y sentido. Sintió que Jared hacía un enorme esfuerzo por mantener la compostura y superar el malestar que le implicaba recordar aquello. No quiso mortificarlo más, tampoco confiarle que cuando mencionó la voz, recordó que siendo más pequeño tenía un sueño en el que se le aparecía una mujer sin rostro que lo llamaba «Dani».

—Ya comienzo a comprender tu miedo. Nunca me imaginé que hubieras pasado por todo eso —le dijo por fin Daniel mientras lo invitaba a sentarse en el sofá—. Percibo tu dolor como si fuera mío y comprendo por qué para ti es imposible volver a ese lugar.

Jared se sentó despacio mientras veía que su hermano se rascaba la cabeza tratando de buscar las palabras adecuadas.

—Espero que comprendas que para nosotros sí es necesario marchar —Jared hizo ademán de protestar, pero su hermano lo detuvo con un gesto de la mano—. Déjame explicarte el porqué. Cuando llegamos, cimentamos las bases de unas amistades con sincero afecto, pero se nos niega la posibilidad de florecer porque los protagonistas siempre desaparecen sin dejar rastro y, lo que resulta mucho más doloroso, ni siquiera tenemos la oportunidad de despedirnos.

Daniel miraba ahora la foto de su amiga Ágata, que ocupaba un punto especial en la pared y siguió hablando como si estuviera haciéndole un juramento de lealtad.

—He perdido a muchos amigos, ya no recuerdo las veces que he pasado por esto, y en cada una el dolor del abandono y la impotencia me invaden sin compasión. Me asusta no saber para dónde vamos, pero temo más que a los que amé y se fueron estén sufriendo y yo no pueda hacer algo para ayudarlos. No se trata de una revancha con Romaguera, ni siquiera es solo por los mellizos. Es que tenemos que hacerlo: alguien tiene que apostarle a que es posible terminar con las desapariciones. No podemos estar a la merced de un poderoso que decide nuestro destino sin preguntarnos. No sería capaz de soportar que tú ya no estuvieras.

Enmudecieron. Daniel miró a su hermano sentado con la espalda encorvada y los ojos clavados en el piso. Sintió de nuevo ese gran dolor que deja el abandono, como cuando lo vivió con Ágata. Dio un hondo suspiro contemplando la foto de su querida amiga. Ella, su cómplice y confidente, fue la primera en irse y la que motivó su búsqueda. Ese viejo dolor se apoderó de su corazón y, sin quererlo, volvió a verse jugando en los corredores del edificio de Romaguera, a escuchar la bulliciosa carcajada de su confidente y, por un instante, estuvieron otra vez juntos divirtiéndose como nunca.

Capítulo 9

—¡Cállate!, que nos van a sorprender —le gritó Daniel a Ágata, tratando de contener la risa—. No se puede jugar contigo porque siempre estás haciendo ruido.

—Ya me callo —respondió ella poniéndose la mano en la boca y tratando de apaciguar la estrepitosa carcajada que forcejeaba por salir. No aguantó más y soltó la risa franca y alegre que siempre los delataba.

—Ya los encontré —le gritó Romaguera a Lucila tomándolos del brazo y sacándolos de su improvisado escondite—. No pueden seguir haciendo esto. Ágata, tú eres responsable de Daniel, eres la mayor. No es posible que permitas que Daniel haga su voluntad —les decía mientras los conducía hasta la puerta del edificio donde los esperaba Lucila, tratando de disimular la sonrisa por las pilatunas de los dos chicuelos.

Huyeron tan pronto los soltó Romaguera, aunque Daniel alcanzó a escuchar cuando Lucila la preguntaba a Romaguera: «¿Ya le dijiste?» y este le respondía en voz baja: «No he podido». Después, Daniel y Ágata entraron corriendo al comedor y ella se ubicó en su silla, que había decorado con plumas y lentejuelas.

Esa tarde, ignorando que sería la última que compartirían, volvieron a idear un nuevo plan para hacer rabiar a Romaguera y lograr una sonrisa de Lucila. Acordaron que al día siguiente se encontrarían en el patio de los tulipanes, detrás de la biblioteca. Ágata le quería mostrar una pequeña planta que había sembrado, a la que le habían salido unas hojas que brillaban con un dorado fuerte cuando aparecía la primera la luz del día. La cita se acordó para las cinco de la mañana y Daniel le hizo jurar a Ágata que no se quedaría dormida.

Aquella mañana, Daniel llegó puntual, y, como siempre ocurría, Ágata no daba muestras de vida. Él ya se había resignado a la impuntualidad de su amiga. En el patio los tulipanes florecían con colores diversos, aunque el rosa primaba sobre el violeta, el amarillo y el naranja. Gracias a los esfuerzos de Lucila, las flores habían sido sembradas dentro de áreas con forma de rectángulos, círculos y triángulos. A los visitantes se les permitía pasear por el patio, pero tenían prohibido pisar el césped y arrancar las flores. Sin embargo, ¿quién podía resistirse a robar una de aquellas flores y portarla en el cabello o ponerla en un vaso con agua en el cuarto? Daniel pensó que esa sería una buena manera de comenzar el día: obsequiarle a su querida amiga una flor, la más bella del jardín.

Esperó con docilidad, circuló entre las flores, miró una y otra vez el sendero, y ella no aparecía. El sol ya se había colado por todos los atajos, incluso estaba seguro de que un rayo poderoso se había posado sobre la cama de Ágata y la había despertado. No apareció y Daniel se dio por vencido. Desanimado, se levantó para marcharse, realizó el último recorrido con las manos en los bolsillos, pateó una piedra que cayó junto a una flor lila que lo distrajo y, decidido a llevársela a su amiga, aunque la haría sufrir un poco antes de entregársela, empezó a estirar la mano cuando una voz lo dejó paralizado.

—¿Qué estás haciendo? —le dijo Lucila mientras se le acercaba y se iba ajustando las gafas.

—Nada —respondió Daniel al tiempo que intentaba acelerar el paso y salir huyendo.

—Ven, Daniel —Lucila lo detuvo, tratando de disimular el titubeo de su voz—. Necesitamos conversar.

Lucila lo tomó de la mano y caminaron juntos hasta el invernadero, el lugar sagrado al que solo podía entrar ella. Lo invitó a que se sentara en una banca a la que le sacudió la tierra y después de limpiar la otra se sentó junto a él.

—En serio, no he hecho nada... —se defendió Daniel mientras intentaba comprender por qué Lucila lo había llevado allí.

—Lo sé, no te preocupes. Solo que debemos hablar porque Romaguera no ha podido y ya se agotó el tiempo —Daniel se movió en la banca y ahora fue él quien la miró a los ojos.

—Debo decirte que Ágata te quiere mucho, tú lo sabes —dijo Lucila, bajando la voz hasta convertirla en un suave murmullo mientras le acariciaba el cabello—, y que no hubiera dudado un segundo en cumplirte hoy la cita, pero ya sabes como son las cosas aquí. A ella le llegó su tiempo y debió marcharse. No te imaginas lo mucho que lamentó no haberse podido despedir de ti. Se fue esta mañana a un sitio donde va a ser muy feliz. Ágata me dijo que quiere que tú también lo seas.

Daniel saltó de la silla sin comprender lo que le decía. En su mente retumbaban tres palabras: «Ágata se fue». Se inclinó sobre Lucila y le puso las manos en las rodillas.

—¿Sin despedirse de mí? ¡No es posible! Ella nunca me haría eso. Me hubiera contado. Estás equivocada. Ágata no se iría sin decirme primero. Hoy teníamos una cita aquí, me iba a mostrar una flor nueva de tu jardín. ¡No te creo!

Daniel la miraba con furia, arrugando la falda de Lucila con sus pequeñas manos, pero cuando vio a través de sus lentes que un par de lágrimas comenzaron a deslizarse por sus mejillas mientras le repetía «Lo siento mucho», comprendió que no mentía. Sin embargo, se negó a aceptarlo.

Se soltó y salió corriendo, cruzó todo Sasbequiana hasta el edificio donde vivía su amiga, subió las escaleras de dos en dos y golpeó en la habitación. La puerta se abrió sola y dentro ya no quedaba nada que la recordara. El colchón estaba enrollado, de la pared habían desaparecido todos sus cuadros y el baúl de la ropa estaba abierto.

—Es verdad —dijo en voz alta y se sentó en el suelo a llorar abatido mientras las preguntas le invadían la cabeza. No supo cuánto tiempo permaneció allí ni escuchó cuando llegó Romaguera, que ahora estaba de pie en la puerta, mirándolo con tristeza.

—Tú te los llevas a todos y nunca dices adónde. Te odio.

Romaguera intentó acercársele, pero no tuvo tiempo porque Daniel salió de la habitación y corrió hasta que dejó de llorar y se prometió que nunca permitiría que le hicieran eso otra vez y que averiguaría, a como diera lugar, adónde había ido Ágata.

El recuerdo de su querida amiga Ágata fue tan vivido que Daniel revivió el dolor que había sufrido y el miedo de que a él le ocurriera Igual. Reconoció el mismo pavor reflejado en el rostro de su hermano. Por primera vez desde que compartía su vida con Jared, entendía lo que le ocurría.

—Soy muy tonto —le confesó Daniel a su hermano—. Llevo tanto tiempo solo y únicamente pienso en irme. Se me olvida que ahora tú eres parte de mi vida. Ahora entiendo. ¿Cómo no pude darme cuenta? —se levantó y tomó a su hermano por los hombros y le confesó—. Ese lugar que recuerdas con tanto dolor, sospecho que también estuve ahí. Lo que me confunde un poco es que no fue tan triste como lo describes. No sé cómo explicártelo, pero hay algo que me suena familiar, la voz de la mujer que oías, las otras voces, no sé, hay algo. Quizás es una tontería —Daniel se dirigió a la pared y con ternura acarició la fotografía de su querida Ágata—... Fue por ella que comencé la búsqueda.

Entonces decidió guardar en su corazón la historia de Ágata y tranquilizar a su hermano.

—Lo que sí quiero aclararte es que donde están los mellizos no es ese sitio que te aterra, te lo aseguro. Romaguera y Lucila siempre lo describen como un espacio donde uno es feliz. Lo que pasa es que no sabemos dónde está y por qué los niños que se van no vuelven. Ahora creo que todo el tiempo la solución ha estado frente a nuestros ojos, y no la habíamos visto. Déjame explicarte: nunca he visto a nadie que se devuelva de la reja o que haya contado que lo hizo. Ahora me parece que hemos sido muy tontos al no pensar en esa opción tan obvia. La gente sin historia llega por la reja. ¿Por qué ninguno se devuelve por ahí? Estoy seguro de que esa es la ruta y que vamos a encontrarlos a todos.

Durante casi una hora, Daniel protagonizó un soliloquio en el que exploraba los diversos argumentos a favor y en contra de aquella decisión. A medida que transcurrían los minutos, el adolescente se sentía más confiado de sus conclusiones. Jared solo escuchaba y admiraba la capacidad de su hermano por ver todos los puntos de vista. Al final, los dos sellaron su encuentro con la certeza de que el destino ya no los separaría.

Capítulo 10

A Daniel se le abrió un vacío en el corazón cuando escuchó la alarma. De un salto se levantó, sacó el morral de debajo de la cama y corrió a despertar a Jared, pero se sorprendió al hallarlo vestido en el sofá. «Cómo ha cambiado», pensó Daniel mientras se apresuraba en la ducha. El silencio era cómplice en ese instante: ya no había nada más que decir.

Las últimas dos semanas fueron en extremo agotadoras. Las discusiones sobre si debían irse por la reja o elegir otro punto de escape estuvieron a punto de acabar con la misión. Solo el recuerdo de los mellizos los mantenía unidos. Para llegar hasta este punto tuvieron que pagar un arancel muy alto. Daniel recordó con algo de vergüenza la acalorada disputa que tuvo con Kaela sobre la reja.

Para ella no había ninguna duda de que era una equivocación. Le parecía absurdo sostener la idea de recorrer de regreso el camino de los niños de la niebla. Su tesis era que nunca habían visto a nadie devolverse porque no había nada, pues cuando les preguntaban a los recién llegados, siempre les respondían lo mismo, que lo único que recordaban era la luz de entrada a Sasbequiana. Jared la apoyó como el más leal escudero, sin entrar en detalles sobre lo que sí había recordado.

Entre tanto, Daniel intentaba por todos los medios dejar abierta una posibilidad. Decía con tozudez que mientras no hubiera una prueba contundente, ese trayecto sería un misterio.

Las trifulcas entre Kaela y Daniel eran cada vez más frecuentes. Los amigos inseparables ahora no podían hablar sin tener a mano una palabra filuda para descargarla contra el otro sin piedad. La grieta entre ellos se fue haciendo cada vez más profunda, hasta que al final ninguno de los dos estuvo dispuesto a ceder.

Entonces los demás empezaron a tomar partido. Los debates dicharacheros fueron remplazados por murmullos y grandes silencios. Ya nadie quería hablar por miedo a ser obligado a callar con gestos o palabras despectivas. Como ocurre cuando el temor comienza a reinar, cada bando se fue convenciendo de tener la verdad y de que el otro estaba muy equivocado.

La sesión que marcó la ruptura había ocurrido hacía un par de días, cuando Jakim exorcizó toda su frustración y se dirigió a Jordi diciéndole:

—Kaela siempre ha sido nuestra protectora, ella no nos llevaría a ningún peligro.

—¿A ti qué te pasa? —le increpó Jordi—. ¿Se te olvida acaso que Daniel siempre ha sido el líder? Nunca ha titubeado y nos ha respaldado.

Mientras hablaba, se puso de pie, al tiempo que se iba doblando las mangas de la camisa, dispuesto a desfogar su espíritu combativo, por algo le decían «Candela» desde que se había unido al grupo. Todos saltaron al centro no para separarlos, sino para echar fieros y enseñar los dientes.

—Basta —gritó Kaela con la voz quebrada por la rabia y la indignación—. No aguanto más. Calmémonos y busquemos una solución.

Su respetada voz fue acatada. Callaron, bajaron el ritmo de la respiración y apaciguaron las bravuras. Daniel llamó aparte a Kaela y decidieron que, no habiendo posibilidad de acuerdo, había que dividir el grupo en dos: unos irían por la reja y los otros por un sendero de Sasbequiana. Kaela iría con Jakim, Juanita y Carla, las chicas mayores de Sasbequiana, por el sendero detrás del botadero y Daniel marcharía con su hermano Jared, Jordi, Caelo y Albin por la vía por donde ingresaban los niños de la niebla.

Para Daniel ese fue uno de los días más tristes de su vida y tenía el convencimiento de que también lo fue para Kaela. Aun así, ninguno de los dos quiso concederle la razón al otro. «¿Valió la pena?», se preguntaba Daniel mientras terminaba de vestirse. Jared, a pesar de no estar de acuerdo con la propuesta de su hermano, decidió acompañarlo y eso lo desconcertó por completo, pues nunca había recibido una prueba de fidelidad tan grande.

Los dos hermanos pronto se encontraron listos para salir.

—¿Ya sabes lo que tienes que hacer? ¿Empacaste todo lo que te dije? —le preguntó Daniel a Jared al tiempo que revisaba la mochila de este.

—Todo está como acordamos, lo comprobé tres veces para que no se me olvidara nada —respondió Jared.

—Me gusta mucho que lleves esto, te queda bien —le dijo Daniel mientras le mostraba la bufanda de lentejuelas rosadas que había amarrado a su bolso—. Tienes mucho más estilo que yo, hermanito.

Jared sonrió con esa tranquilidad que solo da saber que ya no hay secretos que agobien la esencia. La alarma seguía sonando, anunciando la llegada del nuevo cargamento. Ya no había tiempo, así que bajaron las escaleras y a gran velocidad se dirigieron al patio donde todos recibirían las últimas instrucciones. Llegaron cinco minutos antes a la cita.

—Si alguno de ustedes tiene dudas, díganlas ya y si es el caso, márchese. Nadie lo juzgará ni lo criticará—dijo Daniel sin siquiera saludar a los presentes, que se mantuvieron callados, con la frente en alto—. Ahora quiero que repasen por última vez lo que cada uno tiene que hacer, revisen si llevan todo lo necesario en los morrales y recuerden que a partir de hoy no volveremos a vernos —dijo sin perder de vista a Kaela—. No sabemos lo que nos espera o si es peligroso, pero creo que lo que vayamos a encontrar ayudará a que otros no desaparezcan.

Y como para cualquier grupo de adolescentes que emprende cada día una nueva aventura, lo que había pasado ayer ya no existía. Por eso se abrazaron con sinceridad, deseándose suerte en su búsqueda de la verdad.

Mientras tanto, los demás habitantes de Sasbequiana atendían el llamado para recibir a los niños de la niebla. Como era habitual, quienes tenían la manilla encendida iban directo a la reja y el resto corría de un lado a otro cumpliendo su propia misión. Daniel y su grupo, por su parte, se escondieron en una de las calles aledañas, esperando el mejor momento para aproximarse a la reja, pues no podían camuflarse con los demás porque los morrales los delataban.

El punto elegido para permanecer agazapados fue la Casa de Cacao, la edificación más próxima a la reja, que tenía los ingredientes perfectos para ser un buen escondite: era pequeña, sucia, fea, con la apariencia de que en cualquier momento sus cuatro paredes se vendrían al suelo y con la visibilidad perfecta para detectar el instante en que la bruma emergiera de la nada. El plan consistía en que esperarían escondidos hasta que comenzara a aparecer la bruma, ahí se mezclarían con el grupo que recibía a los nuevos y después, en fila, comenzarían a caminar por la zona verde hasta alcanzar la orilla de la vía, donde por lo general nunca había nadie porque todos estaban pendientes de los iluminados. Daniel en el fondo temía que Romaguera o Lucila estuvieran vigilándolos. Un par de días atrás se había tropezado con el director y este, tomándolo de los hombros, le había dicho: «Siempre estaré de tu lado». No le dijo más y se marchó. Recordó sus palabras, un ligero temblor le recorrió las piernas y estuvo a punto de paralizarlo.

Jared dio la señal de alerta. La reja se abrió y los jóvenes con sus manillas iluminadas miraban confiados el centro de la vía esperando la llegada de los niños sin historia. La bruma empezó a extenderse por la cañada hasta convertirse en una cortina espesa que obstruía casi por completo la visión.

Daniel fue el primero en avanzar hasta la reja. Pensó en lo que les había dicho a todos: «Que no se note que estamos allí» y suspiró hondo intentando ocultar el morral entre sus piernas para lucir igual a los demás. Se fueron mezclando con el grupo, imitando lo que Daniel había hecho. La bruma estaba cada vez más cerrada y el cielo se tornó grisáceo. Daniel sentía su pulso acelerado, se obligaba a andar con parsimonia, a pesar de que quería salir corriendo. Se acercó a Jared y lo tomó de la mano, ignorando las precauciones que habían jurado tener. En el fondo solo quería el contacto de su hermano para demostrarle que no lo iba a abandonar.

Mientras los niños de la niebla con sus pulseras luminosas iban apareciendo, Daniel y su grupo transitaban en sentido contrario, muy pegados a la orilla de la carretera, protegidos por la densa niebla. Transcurridos unos segundos, Daniel giró la cabeza para asegurarse de que nadie los seguía y creyó ver los ojos de Romaguera sobre él. Aceleró el paso apretando con mayor fuerza la mano de su hermano. La niebla se hizo aún más espesa, ya no veían a los nuevos y por instinto se detuvieron para abrazarse porque temían perderse. El contacto fue suficiente para aliviar la carga de su angustia. Así, tras tomar aire, Daniel encabezó la fila, seguido muy de cerca por Jared, Jordi, Caelo y Albin. Avanzaban muy juntos, casi tropezando sus pies, para evitar que la niebla los hiciera extraviar.

De improviso, Daniel volteó para asegurarse que venía Jared y cuando quiso retomar el camino se encontró a boca de jarro con un pelirrojo de ojos azules que lo miraba con una sonrisa tonta. Los demás frenaron y Daniel, con una gota de sudor corriéndole por la cara, permaneció callado. El pelirrojo seguía sonriéndole y a pesar de que los separaban unos centímetros, era evidente que no veía a Daniel. Se hizo a un lado y siguió su camino. Entonces, Daniel les hizo un gesto para que se quedaran quietos y, con paso firme, se paró enfrente de otro. Este imitó el movimiento del pelirrojo.

—No nos pueden ver —susurró Albin y el grupo se volvió a mirarlo enfurecido porque habían acordado mantener silencio.

Daniel repitió el gesto frente a una niña y esta vez la saludo, pero no hubo respuesta. Comprendieron que no había peligro, así que decidieron moverse por el centro de la carretera buscando su origen. La neblina seguía presente y la visibilidad era mínima. Cada tanto surgía un nuevo niño que los ignoraba y seguía caminando. Ellos aprovechaban esos segundos para atravesar por el espacio que dejaba el caminante con la esperanza de encontrar una variación en el paisaje; sin embargo, no había nada. Solo escuchaban su propio jadeo.

—No tengo miedo —dijo de pronto Jared y todos al unísono respondieron que ninguno tenía. Algo inexplicable se les había colado en la respiración, algo que les aligeraba el agobio y les producía sosiego.

La caminata se prolongó por un tiempo imposible de determinar, aunque en algún momento dejaron de aparecer los nuevos. Solo estaban ellos y la neblina.

—¿Y si no hay nada allá? —dijo Albin—. ¿Y si al final vamos a quedarnos solos y abandonados?

Jared se acercó y le dio un abrazo, Jordi se secó una lágrima de un manotazo y Caelo apretó los labios como hacía siempre que intentaba evitar mostrar el dolor. Sin proponérselo, esperaban la voz de Daniel.

—Yo también estoy preocupado, aunque sé que estamos cerca. No me pregunten cómo lo sé, pero estoy seguro —les respondió Daniel mientras observaba a su grupo a punto de romper en llanto—. No se dan cuenta de que hay algo que nos pone tristes. Hace un minuto no teníamos miedo, y ahora estamos tristes. Sigamos, seguro que más adelante se nos pasará.

—¿Y si no encontramos nada? —se aventuró a preguntar Jared.

—Claro que sí lo encontraremos —le respondió Daniel, volteándole la espalda y reanudando la marcha.

—Miren —gritó Caelo, mostrando cómo la neblina comenzaba a desaparecer.

El grupo aceleró el paso. Todo se iba despejando como una mujer gigante que se levanta el faldón para mostrar las pantorrillas. Ahora podían ver por debajo de la neblina un campo sembrado de pequeñas nemorosas lilas y amarillas. Al fondo, la salida de un sol anaranjado, de esos que encandelillan la vista. El camino estaba demarcado por piedras lisas y blancas. Se miraron sonriendo porque ahora sentían ganas de correr en medio de ese paisaje, extasiados y plenos. Jared y Daniel se abrazaron.

—Llegamos —dijeron en coro, seguros de que allí existían las respuestas, pero Caelo los sacó de su alegría.

—Volvimos —dijo con el brazo extendido, señalando la reja, la misma que hacía poco habían traspasado y que ahora se encontraba cerrada.

Daniel se adelantó al grupo y con paso firme se aproximó a la reja para tratar de abrirla mientras los demás miraban aún sin comprender, pero sí moderando su alegría. La reja no tenía ningún pasador, así que cedió al primer empujón. Daniel sintió que había algo diferente, una suavidad peculiar en el metal y el color un poco más brillante. La verja se abrió de par en par como si les diera la bienvenida. Los cinco se miraron en silencio.

—¿Entramos? —se aventuró a preguntar Jared, pero ya Daniel y el resto caminaban con confianza por el centro de la vía. Al fin y al cabo, les resultaba conocido el lugar.

—Estamos en un círculo, volvimos al principio —dijo Caelo.

—Quizás esa es la respuesta, que este no es el camino —se atrevió a hablar Jordi, el más callado.

—Tal vez, la ruta que eligió Kaela sea la acertada —se aventuró a opinar Albin.

Cada uno hacía sus propias conjeturas. En el fondo, se sentían frustrados porque creían que no habían conseguido nada.

—Por lo menos, estamos en casa —dijo de pronto Jordi y todos lo miraron.

—La aventura terminó muy pronto —dijo Albin. Los demás movieron la cabeza en señal de aceptación.

Sin embargo, Daniel no se veía muy convencido, aunque no quiso contrariarlos. Con un gesto les indicó que recorrieran los caminos con cautela, lo cual les pareció una exageración porque sus ojos no los podían engañar. Allí veían los mismos edificios, las piedras que demarcaban los caminos, los árboles, el lugar donde se habían escondido. Estaban confiados, pero Daniel estaba inquieto, retrocedía, examinaba el cielo, volteaba a mirar la reja. Luego corrió hasta uno de los edificios y tocó la puerta, después se agachó a recoger una piedra y la miró con sumo cuidado, hasta que al final les preguntó:

—¿No les parece que hay más luz, que todo está más brillante? —miraron al cielo, no había una sola nube y el azul brillaba con todo su esplendor.

—Es que es un día soleado —sentenció Albin, pero los demás comenzaron a detallar cada aspecto del paisaje que se presentaba ante sus ojos.

—¿Por qué no hay nadie? —preguntó de pronto Jared, quien se había quedado intencionalmente rezagado del grupo.

—Daniel, tienes razón —advirtió Jordi—. Es más brillante todo. Esto no es Sasbequiana. Si fuera así, aquí estarían todos recibiendo a la gente sin historia. Estamos en otra parte.

Notaron que había rasgos que no correspondían a su poblado. Los marcos de las ventanas no lucían desgastados como los recordaban; el campo de flores, que permanecía medio destruido por el paso constante de los niños, se veía florecido: gardenias, azucenas y claveles se disputaban el honor de ser las más bellas. El paisaje lucía limpio, ordenado y reluciente.

Pese a la inusual claridad del cielo falso, un temblor inesperado se apoderó de las piernas de Daniel. Corrió a refugiarse debajo de uno de los árboles, con la esperanza de que de esa manera desapareciera. Los demás lo imitaron sin saber por qué, y Daniel no quiso revelar su confusión. Albin, viendo que no había nadie y que parecía que no acaecía algo por lo que temer, arrojó la mochila al suelo y se sentó en el prado; los otros lo imitaron. Solo Daniel y Jared permanecieron de pie y alertas.

—Exploremos —dijo por fin Daniel—. Parece que aquí no hay nadie.

Tomaron sus mochilas y en fila se dirigieron adonde ellos creían que encontrarían el parque central de Sasbequiana, o por lo menos la copia.

—Es muy bonito aquí —dijo Jared, sorprendido como los demás de que aquel lugar colorido y radiante fuera una imitación magnífica de Sasbequiana, con las mismas vías, el mismo edificio donde vivía Romaguera, el comedor y la Casa de Arte. Al arquitecto de aquella réplica no se le había escapado la más pequeña particularidad, lo único es que lucía sin estrenar y desierta.

Jordi y Albin fueron al edificio del comedor, mientras que Jared y Daniel se dirigieron a su residencia. La experiencia para ambos grupos fue igual. Los edificios resplandecían por fuera, pero adentro parecían un mausoleo con paredes y escaleras blancas. Cuando los hermanos abrieron la puerta de su vivienda no encontraron nada, como si nunca hubiera sido habitada: no había camas ni el sillón de siempre, tampoco la escasa vajilla que poseían. Era un cascarón reluciente.

—Aquí no hay nada que hacer —dijo Jared y ambos salieron a buscar a los demás.

Albin, Caelo y Jordi los esperaban frente al edificio del comedor. Sus rostros reflejaban desconcierto y asombro. A pesar del cielo despejado y el sol brillante, Jordi se había subido la cremallera de su chaqueta hasta el cuello y Albin y Caelo llevaban puestos los guantes. Los hermanos sintieron un escalofrío anidando en piernas y brazos.

—¿Cómo les fue? —preguntó Caelo y todos empezaron a hablar al tiempo.

Después de varios minutos de desahogo estuvieron de acuerdo con que el poblado valía como un cascarón esplendoroso, pero adentro de las edificaciones había un vacío que los atemorizaba.

El grupo continuó recorriendo Sasbequiana. En el edificio de arte, su lugar preferido, solo se atrevieron a llegar hasta el umbral. Una cierta desazón se apoderó de ellos al comprobar que, pese a los jardines florecidos, la vida nunca había transitado por esos corredores.

Exploraron el poblado hasta que el sol se fue por el poniente y entonces decidieron refugiarse en la casona, una copia del lugar donde residía Lucila. La eligieron porque ella siempre había sido su protectora y consejera. Todos y cada uno de ellos llevaban en la memoria una caricia, una palabra o un pequeño regalo de manos de Lucila; ella tenía el don de hacerlos sentir únicos y especiales. Entraron, se acomodaron en la sala y sacaron de las mochilas la comida, las mantas y los recipientes del agua. Daniel abrió uno de los grifos de la impecable cocina y sintió mucho alivio al haberse asegurado de que funcionaba. Sin pensarlo fue a tomar un poco, pero Jared le gritó:

—¡No sabemos si podemos tomarla! —Daniel hizo un gesto de fastidio, no por la advertencia de su hermano, sino por no habérsele ocurrido a él primero. Luego les pidió a todos que revisaran cuánta agua tenían y acordaron racionarla hasta ver qué ocurriría después.

—¿En dónde estamos? —dijo de repente Albin—. Es evidente que este es un duplicado de nuestra Sasbequiana, pero no es nuestro hogar.

—O quizás sí hay alguien, y no lo hemos encontrado —respondió Jared.

—¿Esto se parece al lugar en que estuviste? —le inquirió Daniel y Jared negó con la cabeza.

—Y ahora, ¿qué vamos a hacer? —preguntó Jordi.

—Encontrar la respuesta —dijo Daniel—. Este pueblo fue construido con un propósito que desconocemos, aunque de seguro hay un creador. Quizás sí hay alguien, pero no lo hemos visto.

La charla continuó con expresiones de admiración por la belleza que había por todos los rincones. Se preguntaron por qué nunca se les había ocurrido utilizar esos colores. Bromearon imaginando la cara que pondría Lucila si pudiera ver aquellas flores y coincidieron en que jamás habían visto tantos pájaros y de colores tan variados. Era como si el mundo floreciera esplendoroso en ausencia de los seres humanos. Hablaron hasta que el cansancio se apoderó de todos y cayeron en un sueño profundo. Al fin y al cabo, había sido un día lleno de emociones.

Capítulo 11

—Buenos días, jovencitos —la voz los sorprendió.

De súbito, se sentaron en sus improvisadas literas y el pánico los invadió porque no veían a ningún otro ser humano en el salón.

—No teman, están en un sitio seguro. En el comedor hay un fresco desayuno que podemos compartir. Los espero.

Se miraron con la boca abierta.

—No deberíamos ir —dijo Caelo y los demás lo miraron asintiendo con la cabeza, menos Daniel.

—Ya no podemos ocultarnos, sabe que estamos aquí —sentenció.

—No me da tranquilidad esa voz, la verdad me asusta —confesó Jared.

Daniel se levantó de un salto y metió sin orden sus cosas en la maleta. Los demás lo imitaron.

—Yo cuido de ti —dijo.

Cada uno dobló sus pertenencias a su ritmo y con su estilo, pero el nerviosismo se les notaba.

—Esperen —se aventuró a decir Jordi—. Calmémonos, pensemos en qué le vamos a decir, cómo le explicaremos por qué estamos aquí, cómo llegamos. Quizás no le guste nuestra presencia o tal vez nos haga algo. Tenemos que pensarlo muy bien.

Daniel se enderezó mientras se acomodaba la mochila y le respondió:

—¿Crees que podemos mentirle a una persona que escuchamos, y no vemos? Debe saber todo de nosotros. La única alternativa que tenemos es decir la verdad. No tenemos más salida.

La reflexión de Daniel los convenció. No había duda, era una verdad irrefutable. Así que, sin hablar, pero con más calma, terminaron de empacar sus cosas, menos Jared que, por el contrario, decidió sacar todo lo que venía cargando en la maleta. Luego, con parsimonia, revisó cada prenda con mucho cuidado, cada bolsillo y cada doblez. Después abrió las pequeñas cajas, la que contenía su crema dental y el cepillo de dientes y la de los tesoros. Echó un vistazo sobre cada objeto. De pronto dio un gritito y todos voltearon a mirarlo.

—¡Lo encontré! —dijo veloz antes que le preguntaran, se levantó y fue directo adonde se encontraba Daniel—. Es para ti —le dijo y le entregó un sobre arrugado—. Kaela me dijo que te lo diera cuando nos sintiéramos perdidos.

Se incorporaron y observaron con benevolencia a Daniel, que tenía en su rostro tallados el asombro y la alegría de no sentirse olvidado.

Hasta ese instante, Daniel no había pensado en Kaela. No se sentía capaz de confesarle a nadie el dolor que le producía la separación. Hacía mucho tiempo se había propuesto no demostrar amor ni apego. Eso lo aprendió primero con su amiga Ágata y más tarde con Romaguera. «El amor no se profesa, porque cuando así ocurre, es muy probable que el ser amado te abandone», se repetía cada vez que la añoranza se anidaba en su corazón.

Daniel tomó el sobre en sus manos y reconoció enseguida la letra de Kaela. Había escrito en tinta azul con trazo firme «Para el Profeta». Así lo llamó alguna vez y él le pidió que no lo volviera a hacer porque ya nadie le creería y lo llamarían loco. Kaela soltó una gran carcajada y le explicó que eso no importaba porque ya todos sabían que estaba algo loco, muy loco. No paró de reír hasta que Daniel se contagió de esa sincera y espontánea alegría.

El sobre color gris había sido sellado como si guardara un secreto que solo podía ser interpretado por su destinatario.

—¿Lo vas a abrir? —preguntó Albin. Daniel no respondió, pero lo palpó con cuidado y no sintió muchas hojas, quizás una a lo sumo.

«¿Qué tanto podría decirme?», se preguntó mientras sopesaba el sobre cerrado. «Si lo abro, es posible que me diga que estoy equivocado, que ya me lo había advertido; pero también puede decirme que se arrepiente de no haberme apoyado. De cualquier manera, ¿qué importa? A estas horas ya no tiene sentido. Lo que no se dijo, no fue». Con un ligero temblor en las manos, guardó la carta en el fondo de su maletín y se prometió leerla cuando llegara a su destino.

Albin intentó revirar y Jordi le hizo un gesto con la mano para que callara. Observaron a Daniel cerrando frenético los cierres de su maleta y el gesto les resultó suficiente para comprender el dolor inconfesado de su compañero, quien siempre parecía tan centrado y ecuánime.

—¿Todos listos? ¿Nos vamos? —dijo de pronto Jared para evitar que alguien le preguntara más cosas a Daniel.

—Quizás nuestro anfitrión sea impaciente —se aventuró a conjeturar Jordi.

Salieron de la casa de Lucila y al emprender la caminata notaron que la luz se hacía más brillante por los lugares que debían transitar. Advirtieron que no había ranuras entre los ladrillos de las edificaciones. En realidad eran una sola mole, incluso el color era distinto en las puertas, no estaban hechas de la vieja madera del otro Sasbequiana. Su aspecto transmitía alegría. Al llegar al parque, las flores que tanto habían admirado ahora lucían un color impropio, demasiado intenso.

Caminaban en silencio, muy cerca los unos de los otros, y solo se oía el golpeteo de sus zapatos contra el suelo y el roce de las mochilas contra su ropa. Marcharon ni despacio ni rápido, con la cabeza en alto, el torso erguido y respirando con cierta tranquilidad, pues, sin importar lo que ocurriera ni el temor que pudieran sentir, nadie podría arrebatarles el hecho de que habían tenido el valor de forjar y emprender esta aventura. Ya no eran los niños que habían salido por la reja el día anterior. Ahora se veían diferentes, hasta Jared lucía mucho más maduro. Lo que ocurriera de ahí en adelante lo asumirían con gallardía.

Cuando estuvieron frente al edificio, ninguno se sorprendió por encontrar la puerta abierta de par en par. Entraron con la misma elegancia y el mismo porte de los héroes anónimos que no tienen idea de que lo son. Ingresaron dispuestos a dar todo por defender hasta el último minuto su aventura, ninguno bajó la cabeza y apretaron con fuerza las manos para disimular el espeluzno que da enfrentar lo desconocido. No se detuvieron en el umbral para contemplar los cientos de girasoles que reñían por acaparar los rayos de sol, ni repararon en las jaulas vacías que se mecían en el techo del corredor, ni atendieron al viento que se filtraba por todos los rincones amenazando con armar pequeños torbellinos de tierra negra procedente de los jardines. Entraron sin dudarlo al comedor y frenaron en seco.

En la mitad del salón había una mesa dispuesta para el desayuno, con mantel blanco y vasos, tazas y pequeños platos. En la mitad, una canastilla con rodajas de pan fresco. El aroma les recordó que llevaban horas sin comer, pero ninguno se atrevió a dar el primer paso porque no había nadie. Se miraron sin saber qué hacer y Jared se adelantó.

—Mira —le dijo a Daniel señalando con el dedo una de las sillas adornada con canutillos y cintas, algunas brillantes—. Parece que es mi silla —y, con cierta timidez, se sentó.

Los demás rodearon la mesa y se ubicaron frente a la silla que estaba marcada con sus respectivos nombres.

—Nos esperaban —dijo Jordi y todos miraron a Daniel con mil preguntas a punto de estallar.

—Estoy como ustedes —les confesó Daniel—. Es tan extraño que parece que sabían que vendríamos. Creo que es muy probable que sepan todo de nosotros. Esperemos a ver qué va a pasar porque alguien tiene que venir.

Los ojos del grupo se posaron sobre la cabecera de la mesa, donde había una silla vacía.

—Tengo hambre —dijo Albin y de inmediato se apoderó de un pan que se engulló en un segundo. Los demás hicieron lo propio.

—Hay chocolate en la taza —dijo Jordi—, pero hace un segundo no había nada.

Aunque no se sorprendieron mucho, solo lo probaron después de que Jared dio el primer paso.

—Está delicioso —dijo y todos, ya relajados, comenzaron a comer con mucho apetito.

La comida los animó a hablar y cada uno lanzó sus propias conjeturas sobre lo que ocurría. Jordi estaba convencido de que habían encontrado el lugar que buscaban. Albin, en cambio, creía que habían descubierto el escondite de algún mago. Jared suponía que ahora vivían en un nuevo Sasbequiana que tendrían que colonizar. Daniel, por su parte, se mantenía en silencio mientras asentía con la cabeza y sonreía con cada conjetura. Hablaron y comieron sin parar hasta que estuvieron saciados. De vez en cuando miraban la silla vacía y ojeaban la puerta de entrada con curiosidad, pero el ambiente ya se había tranquilizado. Ahora, en el salón, solo se oían sus propias voces.

—Yo sentí miedo cuando venía para acá —dijo de pronto Jared—. ¿Y ustedes?

Todos lo miraron y asintieron. El diálogo se centró en lo que cada quien imaginó después de escuchar la voz. Jordi creyó que iba a morir ahogado en las manos de la voz. Albin se figuró dándole una paliza, pero recibiendo una más fuerte. A Caelo se le quebraba la voz cada vez que pretendía hablar de su miedo. Y Jared dijo que sentía que lo perseguían y que lo iban a agarrar.

Siguieron conversando hasta que la comida dejó de aparecer y...

—Buenos días. Espero que hayan disfrutado el desayuno...

Los ojos y las bocas abiertas quedaron delineados en los rostros del alegre grupo cuando ingresó con paso firme y seguro y las manos atrás la figura de Romaguera, con el usual vestido limpio, sin una sola arruga y los acostumbrados lentes de marco grueso dándole ese aspecto severo que todos recordaban. En milésimas de segundos atravesó el salón y se ubicó en el puesto vacío.

—Con que esta es la tropilla de valientes que transitó por la espesa bruma en busca de sus sueños —dijo Romaguera mientras los observaba uno a uno desde la cabecera de la mesa.

Daniel estaba tan desconcertado como los otros, pero también furioso. Su más hondo anhelo consistía en nunca tener que volver a ver a Romaguera. Ese sentimiento avivaba su espíritu aventurero. No podía creer que después de todo lo que había arriesgado, ahora estaba allí, de nuevo frente a él, sonriendo y desayunando, como si nada hubiera pasado. Romaguera comía con avidez.

—Está delicioso. Solo he venido algunas veces, pero siempre termino por convencerme de que es mejor comparado con el de Sasbequiana —comentó y de paso observó el efecto de esa última frase en el grupo de adolescentes—. Sí, lo siento, no son los primeros en llegar hasta acá. Esas preguntas que los atormentan han movido a otros a buscar respuestas por fuera de Sasbequiana y algunos eligen esta ruta. Y sí, ustedes tienen la misma expresión de desconcierto que pusieron los demás cuando me vieron. Siempre esperan algo distinto, pero se desencantan cuando aparezco.

Ahora en el salón solo se escuchaba el sonido que producía Romaguera sorbiendo con elegancia la taza llena hasta el borde de un balsámico chocolate. Jared bajó la vista jugueteando con un canutillo que se había desprendido de su silla; Jordi, con los brazos sobre la mesa, veía sin parpadear su plato; Albin permanecía erguido en la silla y observaba su taza que hacía unos minutos había desocupado, y Caelo, con las manos debajo de los muslos, mecía sus pies en péndulo. Solo Daniel incrustó su mirada en los ojos de Romaguera al tiempo que mantenía los puños apretados.

—Si esto no es Sasbequiana —dijo Jordi—, entonces ¿en dónde estamos?

—Esa, jovencito, no es la pregunta. La que deberían hacerse es por qué iniciaron esta búsqueda que los llevó a desobedecer todas mis indicaciones —Romaguera mantenía un tono cálido, no había severidad en sus palabras—. Desconozco qué embeleco hay rondando por sus cabezas para creer que aquí iban a encontrar revelaciones misteriosas, ese que ahora los tiene en esta encrucijada.

Retiró el plato, miró a cada uno, bajó la voz y casi murmurando sentenció el futuro de los adolescentes.

—Somos fruto de las decisiones que tomamos y, jovencitos, lo que han hecho, muy a mi pesar, tiene consecuencias que van a alterar su existencia. Siento el sobrecogimiento que los invade, pero no desconfíen: aquí no corren ningún peligro.

—La verdad nunca esperé volverlo a ver —lo interrumpió Daniel, encaminándose a la cabecera de la mesa con los puños apretados—. Así que díganos de una buena vez cuál castigo nos espera.

Jared corrió hacia su hermano y lo abrazó por la cintura. Los demás permanecían anclados en sus sillas, sin entender la animadversión de Daniel hacia Romaguera, pero temiendo las consecuencias.

—Tampoco me sorprende tu renuencia —dijo Romaguera luego de dejar de lado su bebida y limpiarse la comisura de los labios—. Me parece que tú y tus amigos vinieron aquí buscando respuestas, ¿no es así? Entonces, después de esa travesía que acaban de vivir, lo más justo es que las tengan.

La voz sosegada y tranquila de Romaguera hizo que los demás, salvo Daniel, dieran un respiro de alivio. Jordi también se levantó y ubicándose al otro lado de Daniel le susurró al oído:

—Cálmate, ya vamos a saber la verdad. No tiene caso mantener esta disputa. Vinimos para saber nuestro destino.

Albin y Caelo se mantuvieron sentados, pero le hicieron gestos con los ojos y la cabeza para que se calmara.

—Director, hemos tenido que viajar mucho para llegar acá —dijo Jared—. Usted nunca le ha querido responder a mi hermano cuando le ha preguntado. La verdad no entiendo por qué nos va a decir todo ahora, así de fácil.

Voltearon a mirar a Romaguera, esperando una respuesta que pudiera resultarles creíble. Jared tenía razón. Habían visto desaparecer a muchos niños y cada vez que le preguntaban, e incluso a Lucila, ellos siempre les respondían con evasivas o con una insufrible reserva. Ese cambio abrupto de actitud podía ser un engaño o quizás una mentira para obligarlos a regresar.

—No, querido Jared, no es tan sencillo como imaginas —respondió por fin Romaguera con el entrecejo relajado. Luego los señaló con el dedo—. Tendrán lo que buscan, solo les advierto que no será lo que esperaban y es probable que algunos de ustedes preferirán no haberlo encontrado.

Como si se tratara de un lazo de dignidad que los uniera, contemplaron a Romaguera con la barbilla levantada y la cabeza enhiesta. «No nos arrepentimos», «Lo habríamos vuelto a hacer»,

«Juntos lo descubrimos», dijeron al tiempo. Tenían la sensación de que no se habían equivocado y que, por el contrario, habían hallado la respuesta al misterio de Sasbequiana.

En las manos, los rostros y ademanes de los adolescentes se reflejaba mucho orgullo y se percibía que experimentaban esa sensación que solo viven quienes tienen el valor de correr riesgos. El director los contemplaba con comprensión, ternura y algo de temor, pensando en su reacción al descubrir la verdad sobre su origen.

—Primero, díganos, ¿qué es este lugar? —levantó la voz Caelo, siempre tan calmado—. ¿En dónde estamos?

Callaron esperando que Romaguera hablara. Este se sacó los anteojos y con su pañuelo blanco los limpió. Un silencio tenso colmó todo el ambiente. Intencional o no, el hecho es que decidió frotar sus gafas con mucha minucia, lo que hizo que los segundos y los minutos transcurrieran morosos. Los adolescentes comenzaron a removerse en sus sillas, a toser, a golpear la mesa con los dedos.

—Nos vas a decir algo, ¿sí o no? —reclamó Daniel.

—Bueno, la verdad es difícil explicar qué es este sitio sin antes no abordar otro asuntito: ¿cómo vamos a remediar su decisión de abandonar Sasbequiana? —Romaguera se acomodó por fin las gafas—. Tendremos que resolverlo para tranquilidad de ustedes y de Kaela y su grupo, porque ellos también ya fueron encontrados.

—¿Ella está bien? —preguntaron al unísono Jared y Daniel.

—Tan sorprendida como ustedes —contestó el director—, pero mucho más tranquila y confiada. Me parece que se lo tomó muy bien y ahora es una niña mucho más sensata.

—No creo que ella haya cedido tan fácil —reviró Daniel—. Esa es su opinión. Prefiero que ella me lo diga en la cara.

—Esa, querido Daniel, es la primera consecuencia de tus actos. Kaela ya no está.

Daniel se sentó dando un profundo suspiro. Desde que se despidió de Kaela sabía que no la volvería a ver. No obstante, una cosa era pensarlo y otra que fuera ya un hecho.

—También fue duro para ella no poder despedirse de ustedes —continuó Romaguera—. Les tenía un especial afecto, pero ya saben cómo son las cosas. Ahora ella nos dejó. Me hizo prometerle que le avisaría cuando los encontrara. Hasta último momento estuvo preocupada por su bienestar.

Capítulo 12

Romaguera todavía no podía olvidar la mirada de Kaela cuando se vio descubierta. Ella, la guerrera de Sasbequiana, se había quebrado. De nada les sirvieron los mapas que con sumo cuidado trazó con sus amigos porque de manera persistente volvían al mismo punto de partida, en un bucle odioso e implacable.

Juanita y Carla emplearon recursos para guiarse como marcar el camino con listones para el cabello o girones de ropa, amarrándolos con fuerza a las ramas, para asegurarse de no caminar en redondo, pero había algo que no podían controlar y tenía que ver con el reloj de pulsera que llevaba Jakim.

Se dieron cuenta al tercer intento. La vegetación cerrada los obligaba a abrirse camino con los brazos para no golpearse en la cara con las ramas. Cuando Carla le preguntaba la hora a Jakim, este siempre respondía que eran las cuatro de la tarde y las plantas se desplazaban como si estuvieran dándoles la bienvenida a un nuevo lugar que invariablemente era el punto de partida.

Intentaron encontrar explicaciones lógicas a aquella monomanía del paisaje que resultaba tan absurda. Optaron por dejar el reloj escondido bajo una piedra y reiniciar una vez más el camino, pero ya no fue necesario porque el sol les indicó que caía la tarde y una vez más las plantas los devolvieron al punto de partida.

El desespero se apoderó del grupo. Hubo llantos y maldiciones y Kaela se sintió culpable por no haber acompañado a su querido amigo Daniel. A lo mejor la errada era ella. Desmoralizados, resolvieron no marchar más y empezaron a creer que el bosque los había atrapado. Recordaron una vieja leyenda que decía que el monte hechizaba hasta el delirio a quienes osaban ingresar a su espesura. Kaela, sin encontrar una respuesta, les propuso descansar hasta recuperar las fuerzas. Quizás con la mente despejada encontrarían otras soluciones. Un sueño profundo los invadió y cada uno confió en que, cuando volvieran a abrir los ojos, el bosque se compadecería de su frustración y les señalaría generoso el camino.

Durmieron sobre sus mochilas, con un calor húmedo que no los incomodó. Kaela fue la primera en sentir los rayos de sol. Cuando abrió los ojos se encontró con una silueta negra delineada por el sol, que de pie y en silencio los observaba.

Lo reconoció de inmediato y sin pensar en las implicaciones de sus actos, corrió afligida a guarecerse en los brazos de Romaguera, mientras el resto del grupo apenas comenzaba a salir del sueño profundo.

—Kaela, mi dulce niña, sabía que lo harías, pero no me esperaba que fuera sin Daniel —le dijo Romaguera acariciándole el cabello—. Mírate ahora, toda una batalladora liderando a un grupo de desertores.

Kaela se compuso un poco y recordó que sus amigos esperaban mucho de ella.

—Sí, lo hicimos, somos responsables y no nos arrepentimos —habló sin alzar la voz, pero con firmeza—. Con respecto a Daniel, sé que tengo todo su apoyo porque somos amigos.

Recordó la nota en la que justo le había escrito lo perdurable y valiosa que era su amistad y la certeza que tenía de que hallarían un mundo donde se volverían a encontrar.

Romaguera la escuchó con benevolencia y después de advertir que las chicas y Jakim ya se habían recuperado de su sorpresa, hizo un gesto con la mano indicándoles un lugar por donde atravesar. Se miraron en silencio y decidieron no cuestionar más la magia del paraje; así que, resignados, cruzaron la puerta vegetal. Al otro lado había una trocha que siguieron detrás de Romaguera, quien tampoco les dirigía la palabra. Notaron que las hojas eran mucho más verdes de lo natural, al igual que el silencio que había alrededor, pues el bosque casi no se escuchaba. La trocha terminaba en un sorpresivo muro de ladrillos con una puerta de metal blanco.

—Al atravesar esa puerta encontrarán la respuesta a sus preguntas —dijo Romaguera, animándolos a cruzarla—. No teman, ya hicieron lo más difícil. Ahora van a encontrar que sus pasos ya están trazados y solo deben seguirlos.

Las chicas y Jakim se tomaron de las manos con la intención de franquearla juntos, pero Romaguera les advirtió:

—La única condición es que deben entrar por separado.

De inmediato, designó a Jakim para que fuera el primero en transitar. Este se despidió de sus compañeras de aventuras, abrió con cuidado la puerta y dio un paso hacia el otro lado. La puerta entonces se cerró, volviéndose infranqueable.

—Tenemos que apresurarnos —insistió Romaguera no porque el tiempo apremiara, sino porque conocía el dolor de las separaciones.

La última fue Kaela. Antes de cruzar se volvió al director.

—¿Y Daniel?

—Él también lo hará.

—¿Lo volveré a ver?

La pregunta no tuvo respuesta porque la puerta se cerró de golpe.

Capítulo 13

La noticia de que ya Kaela se había marchado afectó a Daniel. El arrepentimiento se hizo presente. En la separación previa a la aventura, la breve despedida había sido insuficiente para decirse lo mucho que se amaban. Comprendió de repente que ya nunca podría contarle a Kaela lo que habían descubierto.

—Volviendo a tu pregunta sobre dónde estamos —dijo Romaguera, dirigiéndose a Jordi—, este es un Sasbequiana alterno.

—¿Eso qué significa? —preguntó Jared.

—Que es una copia del original. Solo existe para revelarse a los buscadores, a aquellos a los que les parece insuficiente lo que la vida les ofrece con generosidad en el día a día.

—No entiendo... ¿Quién se tomaría el trabajo de hacer una réplica completa para mantenerla desocupada? —comentó molesto Daniel.

—¿Sí, cierto? Qué pérdida de tiempo —replicó Romaguera—, pero quizás resulta necesaria cuando las demostraciones no satisfacen la duda.

Se miraron sin comprender muy bien el comentario de Romaguera. El ceño fruncido de Daniel sirvió para que el grupo se diera cuenta de que ninguno entendía. Buscaban una ruta que les permitiera encontrar a los desaparecidos. Además, querían saber para dónde iban. Las palabras de Romaguera nada respondían.

—Por la forma como me miran —dijo por fin Romaguera—, me doy cuenta de que lo que hice fue confundirlos, no aclararles las dudas. No se preocupen. Ya lo van a entender. Cuando hable con cada uno de ustedes comprenderán a qué me refiero.

—¿Con cada uno? —preguntó Daniel—. ¿Por qué no con todos?

Romaguera se puso de pie y los demás lo imitaron.

—Daniel... porque esas son las reglas cuando llegas aquí. Ustedes querían encontrar respuestas y las van a tener, pero son individuales, imposibles de compartir entre ustedes. Al recibirlas vislumbrarán por qué son diferentes y únicas.

Romaguera salió del salón con paso firme, sin atender las preguntas que comenzaron a hacerle mientras le seguían hacia el parque central. Cruzaron frente a los dormitorios y la biblioteca en dirección a la oficina de este. Al doblar la esquina, de pronto apareció una puerta que no existía en la Sasbequiana original. Antes de abrirla, Romaguera se detuvo y les dijo:

—No teman. Nada de lo que va a pasar de aquí en adelante les va a causar daño. Pero sí deben saber que hay ciertas condiciones. Al igual que Kaela, ustedes no regresarán ni tampoco cruzarán juntos por esta puerta. Cuando la atraviesen, cada uno tendrá su propio andar.

Si su valor radicaba en mantenerse juntos, las palabras de Romaguera los dejaron paralizados. Soltaron sus mochilas, se tomaron de las manos y luego se abrazaron hasta formar un círculo compacto. Ahora, con las cabezas juntas, los unían las lágrimas.

—Daniel —dijo de repente Romaguera—, de ti depende que inicien este nuevo viaje con tranquilidad. Les prometo que nadie sufrirá daño, por el contrario, es el inicio de su trayecto a una nueva vida.

Ninguno se soltaba. Jared gemía inconsolable recostando la cabeza sobre el hombro de su hermano. Jordi, Caelo y Albin prefirieron controlar sus lágrimas para que Jared no sufriera más.

—No sé qué decirles —dijo de pronto Daniel—. Estoy tan asustado como ustedes y ahora me pregunto si esta fue una buena idea.

—Claro que sí fue una buena idea —terció Jordi—. Muchas veces me pregunté adónde iban los amigos, pero no había tenido el valor de arriesgarme. Hoy me siento mucho mejor por haberlo hecho y con ustedes.

—No soy el más hablador —dijo de pronto Caelo—. Solo sé que no me arrepiento de nada.

—Te pedí que no me abandonaras —dijo Jared secándose las lágrimas con el dorso de la mano— y no lo hiciste. Eso hacen los verdaderos hermanos.

Ya no había nada más que decir. No había más remedio que confiar en Romaguera.

—¿Allá a donde vamos nos dolerá? —preguntó Caelo a Romaguera.

—Cuando tú te levantas todos los días —le dijo Romaguera—, nunca sabes si será un día feliz, si te cansarás, si te caerás y te romperás un brazo o, por el contrario, si reirás todo el tiempo. Así será: a veces dolerá y a veces no.

—¿Este es un castigo por habernos ido? —preguntó Albin.

—¿Castigo? No. Es el mero resultado de una decisión. Si se hubieran quedado en Sasbequiana, de repente se habrían demorado un poco más. Al haber llegado aquí, adelantaron el reloj. Tarde o temprano tendrían que marcharse de Sasbequiana. Pero no es un castigo, es una parte natural del recorrido que iniciaron.

El grupo siguió con mucho interés cada palabra de Romaguera sin soltarse de las manos. Como Romaguera insistía en que era un proceso individual, temían que, si uno de ellos quedaba solo, desaparecería.

—¿En ese lugar al que vamos nos castigarán? ¿Será distinto a Sasbequiana? —preguntó Jordi.

—Claro que será distinto, será el lugar señalado para cada uno —dijo Romaguera—. Jordi, deja de pensar que esto es un castigo, quizás desde siempre estuvo escrito que ustedes encontrarían el camino de esta manera.

—¿Ahora sí sabremos adónde van los niños que desaparecen como Kaela? —preguntó Jared.

—Sí, Jared, ahora no solo sabrán eso, sino que entenderán todo lo que ocurre en Sasbequiana. Entiéndanme que no puedo decírselos porque cada uno tiene el derecho de descubrirlo. Los voy a acompañar hasta cierto punto, pero luego seguirán solos. Simplemente imaginen que es la respuesta que buscaban. ¡La hallaron y ahora es tiempo de conocerla!

—¿Valió la pena haber hecho este recorrido? —preguntó Daniel.

—Daniel, tú no serías tú si no hacías esto. ¿Te parece poco lo que has logrado, lo que han descubierto? No solo tuvieron el valor de cuestionar, de preguntar, sino que recorrieron un sendero desconocido para hallar una salida. Se requiere de mucho coraje. Así son los verdaderos niños de la niebla. El mejor premio que pueden tener es encontrar lo que estaban buscando y eso es lo que les puedo ofrecer. Lo más importante para ti, Daniel, es que te demostró que serás siempre un líder, en la oscuridad y en la luz.

Un hondo suspiro general aplacó los temores de los adolescentes. Aquello que decía Romaguera les sonaba razonable.

—Creo que no tenemos otra salida —les dijo Daniel—. Tenemos que confiar en él. No es alguien que yo defienda, pero sé que nunca le haría daño a ningún niño. Eso se los puedo asegurar.

Todos asintieron, comprendiendo que el momento de despedirse había llegado.

—Estamos listos —dijo Daniel.

—Entrarán en fila —dijo Romaguera señalando la misteriosa puerta—. No necesitan llevar nada, dejen sus cosas aquí.

Temblorosos, volvieron a bajar las mochilas y las ubicaron contra la pared. Jared se colgó al cuello su listón de lentejuelas; Daniel se metió en el bolsillo el regalo que le había enviado su amiga; Caelo se puso una manilla; Jordi y Albin no tomaron nada, solo metieron las manos en los bolsillos del pantalón, esperando la siguiente instrucción.

—Encontrarán un pasillo —Romaguera les explicó con la mano en el picaporte— y una puerta con el nombre de cada uno. Abran la puerta y esperen que alguien les indique qué deben hacer. Estoy seguro de que van a disfrutar lo que allí encuentren.

Abrió la puerta y solo se veía la bruma. No parecía un corredor, más bien un sendero similar al que habían recorrido desde que salieron de Sasbequiana. Jordi sorprendió a todos siendo el primero. Abrazó a cada uno con rapidez y desde el umbral se volteó a mirarlos.

Le siguieron Caelo y Albin. Daniel besó en la frente a su hermano y le susurró al oído:

—Iré primero para asegurarme que todo esté bien —desde el umbral se volteó y moviendo los labios le dijo: «Te amo». Enseguida desapareció.

Cuando Jared fue a entrar, Romaguera le cortó el paso.

—Tu tiempo aún no ha llegado —le dijo cerrando la puerta.

Jared lo miró sorprendido y empezó a golpear la puerta y a llamar a Daniel con todas sus fuerzas. Pese a los golpes, la puerta no cedió. Entonces, desesperado, se volvió contra Romaguera y lo golpeó con furia.

—Daniel tenía razón en odiarte —le gritó—. Solo sabes causar dolor. Yo quiero estar con mi hermano. No quiero estar solo otra vez. No quiero estar aquí, ni contigo.

Romaguera recibió cada golpe sin defenderse, permitiendo que Jared desahogara todo su dolor.

—Sé que no me entiendes ahora, ya lo harás cuando llegue tu tiempo —intentó acariciarle la cabeza—. No sabes el dolor que me causa verte sufrir de esta manera, pero en Sasbequiana lo único que no se puede es hacerle trampas al destino. Tú eres todavía un niño pequeño. Daniel y los demás ya habían madurado para afrontar su nueva vida. A ti te faltan todavía cosas por aprender.

—Quiero estar con mi hermano.

Jared se zafó del abrazo y corrió a abrir la puerta. Lo logró, pero la bruma había desparecido. Tras la puerta había una oficina como la de Romaguera.

Miró al director y este le extendió la mano. Resignado, el niño la tomó y juntos se fueron caminando por el falso Sasbequiana hasta que ellos y el poblado desaparecieron.

Capítulo 14

—Jordi, Jordi, ¿estás ahí?

Nadie respondió, así que Daniel se concentró en las instrucciones de Romaguera, «Buscar la puerta con mi nombre». Aunque la bruma comenzó a ceder, su visión no era buena. Daba pasos vacilantes porque no podía ver el suelo que pisaba. Por un instante creyó haber perdido el rumbo y para calmarse respiró profundo y suave, como le había enseñado su querida amiga Kaela. Ya había leído la carta, lo hizo antes de ir al desayuno con Romaguera y sin que nadie se diera cuenta y ahora, lo escrito por su querida amiga le daba más ánimo. «Nos volveremos a ver», se repitió mientras un erizamiento se paseaba por sus brazos y una inesperada melancolía se apoderaba de su corazón. Entonces cayó en cuenta de que, aunque quisiera, no podría devolverse.

Decidió permanecer inmóvil con la esperanza de ver alguna señal en aquella opacidad. Miró a izquierda y derecha, pero no había nada. Giró en redondo y de repente apareció la puerta con su nombre escrito en dorado a una distancia de no más de veinte centímetros de su cara. Sin darse tiempo para preguntarse qué habría al otro lado, tomó un poco de aire, extendió la mano y giró el picaporte. El cambio repentino de iluminación lo deslumbró un poco y en un principio no pudo identificar a la mujer que se hallaba en el centro de aquella estancia, hasta que ella lo llamó por su nombre.

—¡Tú! No puede ser. ¡Tú, aquí! —dijo, perplejo.

—Mi adorado niño, ¡cómo me alegra que hayas llegado por fin! —le dijo Lucila mientras le extendía los brazos y lo acogía como a un hijo que ha vuelto al nido.

—Pero... ¿qué lugar es este? Dime, ¿dónde estoy? —y mientras preguntaba recorría aquel espacio que parecía la habitación del infinito porque no había límites que diferenciaran paredes, techo o piso, solo los trazos de universos en movimiento.

—Ven, hermoso —Lucila lo tomó de la mano y lo abrazó con una energía suave que transformó su sorpresa en serenidad—. Aquí está lo que perseguías desde que llegaste a Sasbequiana, la verdad sobre tu pasado y tu futuro.

Daniel se dejó llevar por Lucila hasta un cómodo sofá que antes no estaba allí, donde ambos se instalaron muy cerca uno del otro. Él estaba cada vez más calmado gracias a la serena voz de Lucila, que además no dejaba de acariciarle el cabello.

—Estamos aquí —continuó explicando— porque eres un privilegiado. No todos llegan hasta acá. Solo se les permite el ingreso a aquellos seres especialísimos, como tú, que necesitan completar la historia de sus vidas y prepararse para ser maestros de la luminosidad.

Daniel se enderezó en el sofá y con sutileza alejó la cabeza, tratando de ordenar su excitación por todo lo ocurrido en tan pocas horas: el encuentro con Romaguera, el adiós a Jared y a sus amigos y ahora la presencia de Lucila, la mujer más auténtica de Sasbequiana. En realidad, no lograba dimensionar lo que le estaba diciendo.

—No entiendo de qué me hablas —le dijo Daniel mientras se separaba un poco más de ella—. Porque soy especial es que no debía estar aquí. ¿Soy privilegiado? De verdad no entiendo nada.

—Sí, es confuso. No te angusties, tenemos tiempo para que vayas comprendiendo todo este lío. Vamos, respira hondo, cierra los ojos y solo escucha a tu corazón.

Lucila sabía que Daniel no apreciaba los abrazos, pero no podía soltarlo porque de seguro lo perdería en ese laberinto. Así que, con cariño, solo lo tomó de la mano.

—Dime —continuó Lucila—, ¿qué es lo primero que quisieras saber?

—¿Dónde está Jared? —dijo sin dudar.

La pregunta tomó por sorpresa a Lucila, pero sonriendo le respondió.

—Te das cuenta de que eres especial. Piensas primero en los demás que en ti. Tu hermano está muy bien: volvió a Sasbequiana con Romaguera.

Daniel intentó ponerse de pie, pero Lucila se mantuvo firme en su decisión de no permitir que se alejara. Eso sí, con dulzura.

—Sí, lo sé —le dijo ella—. Sé que te molesta, pero él tiene que terminar su proceso, todavía no está preparado para el siguiente nivel. No te enojes, que no vas a lograr nada con eso. Mírame a los ojos y escúchame: él está donde debe estar y cuando llegue su turno, le irá tan bien como a ti.

A Daniel le pareció estar escuchando las mismas palabras de Romaguera que tanto le fastidiaban y le sonaban tan falsas, pero prefirió callar porque en realidad quería mucho a Lucila.

—¿Y Kaela está bien? ¿Está en Sasbequiana? Y los demás, ¿están bien?

—Vamos a comenzar con Kaela. Ella está igual que tú, con muchas preguntas y encontrando las respuestas. Ustedes dos lograron construir algo muy especial que les permitirá enfrentar con mucha sabiduría el paso que van a dar. Todos están bien, créeme, viviendo su transformación. Escúchame, Daniel, siempre has sido un buen amigo y un líder nato y esos son valores muy preciados para el mundo que vas a descubrir. Será maravilloso y tendrás lo que tu corazón tanto ha anhelado: ser amado por siempre.

—Eres muy bondadosa conmigo, siempre lo has sido, y creo que también exageras —respondió Daniel—. No soy tan bueno como me describes, lo sé, y creo que esa es la causa por la que llegué a Sasbequiana. A alguien no le importé más y prefirió abandonarme.

—No es verdad —lo interrumpió Lucila mientras se alisaba la falda—. Vamos a ir despacio. Dime qué recuerdos tienes de antes de tu llegada a Sasbequiana.

—No veo a nadie. Escucho cosas —Daniel se levantó del sofá, pero no se desvaneció como temía Lucila.

Mientras recorría la estancia sinfín, un peculiar centelleo se extendió por todo su cuerpo, como un escudo que nacía de su interior y que se disponía a resguardarlo de lo que vendría.

—Recuerdo —continuó Daniel— que había ruidos de carros, voces de hombres como la de Romaguera, y siento que estoy volando. Puedo correr, puedo caminar, pero no lo hago porque estoy planeando. Cuando hablé con Jared, él recordaba una voz y creo que es la misma que oigo en mi cabeza. Todo es muy confuso —Daniel se detuvo y volteó a mirar a Lucila—. Es todo, no hay más, y después estoy aquí con Romaguera. Cuando llegué creí que él era la voz que había en mi interior, y con su rechazo entendí que aquellas voces no querían saber de mí.

Lucila otra vez se alisó la falda solo para disimular el temblor de las manos y el esfuerzo por evitar que sus lágrimas salieran. Siempre le ocurría lo mismo, por eso había revisado con minuciosidad cada detalle para hablar con la verdad a Daniel, como se lo había recomendado Romaguera. Diría todo, sin omitir nada, así el descubrimiento significase romperle el corazón.

—Mira, Daniel —le comenzó a explicar Lucila—. A veces cuando tenemos señales tan confusas somos capaces de armar las más inverosímiles historias y terminamos por creer que son verdad. Eso, mi querido, te pasó a ti. No tenías cómo saberlo y siempre quisiste descubrir por qué vivías en Sasbequiana; sentías que no debías estar aquí. Y debo decirte que tienes toda la razón. Tu llegada no debió ocurrir, pero pasó.

Daniel se desplomó en el sofá invadido por la melancolía y sin apartar la vista. Su escudo fulguraba con mayor intensidad. Poco a poco sus pensamientos se apaciguaron y se sintió dispuesto a escuchar las palabras de Lucila. Presentía que le iban a dar calma, pero quizás no la felicidad que andaba buscando.

—Sasbequiana es el lugar adonde llegan los niños que nunca se convirtieron en adultos. Muchos tienen familias que los aman, aunque también existen aquellas que los rechazan. Otras no están preparadas para tenerlos y deciden no recibirlos. Unas más los pierden sin habérselo nunca propuesto. Incluso, hay algunas que no saben que existen. Así que lo que te repetía hasta el cansancio Romaguera es verdad: cada niño tiene su propia historia porque es fruto del mundo de los adultos que, como ves, es complejo, diverso y libre. En tu caso —continuó Lucila viendo que Daniel la iba a interrumpir—, vienes de una familia que te amó con toda el alma y nunca pensó ni se preparó para perderte.

Daniel dio un suspiro y abrió los ojos con sincero asombro.

—Sí, Daniel, tu mamá y tu papá te adoraban y el que ya no estés allá es el dolor más grande que han tenido en su vida.

—Pero... si me querían, ¿por qué me dejaron ir? —interrumpió Daniel.

—Romaguera me pidió que te dijera toda la verdad, aunque casi nunca hacemos esto. Tu caso es especial porque creemos que es necesario que encuentres respuestas para que hagas de tu nueva experiencia un período maravilloso. Tu vida con tu familia fue hermosa. Había amor a tu alrededor todo el tiempo. Tenías abuelos, tíos, tías y primos. Todos te demostraban su amor a su manera. Siempre fuiste como un enorme imán de afecto —Daniel no pudo disimular la sonrisa en su rostro y sus mejillas se sonrojaron de orgullo—. También asistías a una pequeña escuela donde habías hecho muchos amigos, incluso había una niña, Carmen, que te profesaba un amor especial, algo que despertaba los celos de tu madre.

—¿En serio vivía en ese mundo? Siempre creí que no había nada, que había algo en mí que hacía que nadie me quisiera —Daniel se sinceró por primera vez—. Lo que no entiendo es qué pasó, si era todo tan perfecto, ¿por qué no me retuvieron?

—Es que por la cabeza de tu papa y tu mamá jamás pasó la idea de que algún día no existirías. Los humanos tienden a sentirse inmortales, pero con un niño es aún mayor la convicción de que no le pasará nada. Su intención era sencilla, siempre estar a tu lado y darte todo lo que ellos no tuvieron. Tú eras su razón de ser en su mundo.

—¿Tanto? Entonces, ¿qué pasó?

—Fue un accidente... —dijo por fin Lucila, dejando escapar una lágrima y golpeando sus puños contra la falda—. Un accidente espantoso que marcó para siempre la vida de tu familia.

Ahora fue Lucila la que no pudo soportar más y para disimular se puso en pie y caminó despacio por la estancia sinfín, mientras Daniel se esforzaba por escuchar cada una de sus palabras.

—Aquel día ibas con tu padre a una fiesta infantil, feliz porque podías estar con tu papá, al que entonces ya no veías tan a menudo. Tomaron un transporte colectivo y en el bus viajaba una niña de tu misma edad, la hija del conductor. Como era habitual en ti, en cuestión de segundos se habían hecho amigos. Tú abriste el morral que siempre llevabas y le mostraste tu carro favorito. Hablaban en un idioma particular que solo los dos comprendían.

Lucila decidió que era momento de estar junto a Daniel y posó su mano sobre la pierna del niño adolescente y continuó:

—A nadie le pareció extraño aquel juego. La niña venía comiendo una fruta y te ofreció un poco. Era una pequeña bola. No lo dudaste ni un segundo y te la metiste entera a la boca y te atoraste. Tu padre no sabía qué hacer, intentó sacártela, pero no pudo. Todos gritaban, el bus se detuvo y, por una casualidad misteriosa, había allí un pequeño centro médico. Él te tomó en sus brazos y corrió hasta la entrada pidiendo ayuda. Te atendieron, pero no pudieron evitar el funesto desenlace.

Daniel contempló el rostro desconsolado de Lucila, que intentaba parar las lágrimas, pues había revivido un viejo dolor que tenía dentro. El muchacho la abrazó y le pidió que no le contara más.

—Ya sé que fui amado, que nunca me abandonaron. Me hubiera gustado estar allí con ellos para consolarlos.

Los dos se quedaron en silencio hasta recuperar la serenidad.

—Es necesario que sepas que cuando ocurren estos casos —continuó Lucila más tranquila—, los niños llegan buscando un protector. Así como no termina nunca el amor de madre, tampoco finaliza el del hijo hacia sus padres. Y creíste que Romaguera remplazaría a tu amorosa mamá, pero eso no podía ser. Por eso él tuvo que apartarte.

—¿Por qué no podía ser? —interrumpió Daniel, quien ahora experimentaba todas las emociones de aquel niño pequeño amado y perdido a destiempo.

Daniel se sintió abrumado de solo pensar que podrían existir más secretos que develar.

—¿Que más voy a perder? —dijo de pronto Daniel con la voz quebrada y los ojos enlagunados—. Perdí a mis padres, perdí a Kaela, a mi hermano Jared, a mis amigos. Ninguno está y ya no podré decirles lo mucho que los amo. ¿Qué más me quieres arrebatar? Ya no tengo nada. Ni siquiera a Romaguera.

—Eso no es verdad —una voz masculina y por completo reconocible hizo que Daniel girara y viera allí a Romaguera de pie.

Los dos se miraron en silencio: Daniel se agitó, no podía controlar aquel par de lágrimas que pese a su voluntad rodaron por sus mejillas. El director, rompiendo todos los códigos, se hallaba dispuesto a demostrar todas las emociones que se acumulaban en su interior. Por ejemplo, que Daniel siempre había sido su favorito y por eso se encontraba allí.

Lo que hubo fue el abrazo fuerte, sincero y consolador con el que florecieron todos los sentimientos reprimidos, ahora sí expuestos sin tapujos ni limitaciones. Un abrazo de dos almas que podían por fin liberar sus propias emociones y expresar su mutuo afecto.

—Lo siento mucho —dijo por fin Daniel—. En verdad no tenía idea de todo lo que tratabas de hacer. Me arrepiento de todas las cosas que hice y lo que dije de ti.

—Daniel, recuerda que somos responsables de nuestras decisiones —y continuó tomándolo por los hombros—. La mía fue apartarte para que pudieras aprender, crecer y transitar este camino. Y lo hiciste bien, debo reconocerlo. Verte y escucharte me llenan de alegría. Mi decisión tuvo sus frutos y hoy estás listo para comenzar tu nueva aventura.

Daniel se retiró molesto, a punto de recriminarle, pero Romaguera le despeinó y le sonrió.

—Será un camino distinto y te aseguro que en esta ocasión ya no habrá secretos, porque serás tú quien construya esa nueva ruta.

En ese instante, Daniel se percató de que Lucila se había esfumado y que la estancia tenía otra vez la puerta abierta de par en par. Una luz de neón iluminaba un pasillo estrecho. Romaguera, con el brazo sobre los hombros de Daniel, lo acompañó hasta el resquicio. El temor frente a un camino desconocido poco a poco se fue disipando porque sentía a su lado a Romaguera.

—Esta es la última parte —dijo Romaguera—. Es la más agradable de todo el trayecto porque te sentirás bien en todo el camino. Ni siquiera podrías prever lo que vas a encontrar.

—¿Qué hay allá? —interrumpió Daniel.

—Lo que siempre has querido, lo que tu corazón ha buscado. Un espacio en donde serás el motivo de alegría y el centro del amor de muchas personas. Te aseguro que ya no volverás a estar solo.

—¿Te volveré a ver?

Daniel dio el primer paso y alcanzó a escuchar la respuesta de Romaguera:

—Siempre estaré allí.

Cuando volteó a mirar ya no estaba, solo observó un pasillo iluminado. No tuvo más remedio que continuar. A cada paso su tristeza por haber dejado a Romaguera se iba calmando. El sosiego se instaló en su espíritu. El pasadizo parecía no tener fin; sin embargo, no estaba agobiado ni cansado. Sonreía sin ningún motivo y se sentía imperturbable. Sus ojos observaban con curiosidad sus manos, sus piernas y su cuerpo como reconociéndose por primera vez y se reía a carcajadas al descubrir las formas de sus pies, su sexo, lo pequeñas que ahora lucían sus manos. Perdió el interés en seguir caminando y optó por recostarse en ese piso bruñido y placentero donde encontraba más interesante contemplar la magnificencia de su propia transformación y la certidumbre de que allí debía estar.

El tiempo sin medida transcurrió hasta que los ojos de aquel bebé se cerraron para germinar una nueva historia.

Segunda parte

Capítulo 15

El hada era de una lindeza irrefutable. Lucía un ligero tul que envolvía las formas de su cuerpo y una melena abundante, negra, agitada por el movimiento parsimonioso de sus alas multicolores. Lo que más llamaba la atención eran sus manos apacibles y confiadas que se posaban sobre la prominente evidencia de su fecundación.

—No hay duda, es un embarazo.

El dedo índice con uña larga destacada con dos tonos de esmalte señalaba con seguridad la carta. Dinora, una adivina que se promocionaba así misma como la que trae luz a la oscuridad, hablaba con certeza de su significado en este caso particular. Tenía reputación de infalible; por eso, conseguir una cita significaba semanas de espera, además de un cuantioso estipendio para sus arcas.

Sus más de cien kilos apenas se podían acomodar en la poltrona antigua y contrastaban con su agradable rostro de ojos grandes color miel y sonrisa entrañable. Una fragancia perspicaz y penetrante, y unos velones encendidos en una esquina, le daban a la estancia el aspecto enigmático que su propietaria le quería imprimir.

Sus palabras estaban acompañadas por el tintineo de sus manillas con dijes cuando señalaba cada una de las cartas que la fortuna había dispuesto para descifrar el futuro incierto de la joven cliente.

—La primera carta habla de un viaje, uno que te cambia de manera positiva. No significa que a juro estarás en otra ciudad; se refiere a descubrimientos, aprendizajes... a experiencias que te harán sentir que estás creciendo —movía las manos como si el horizonte se abriera para Cassandra, su cliente, en ese preciso momento—. Esos hallazgos pueden ser encontrar a una persona significativa o un nuevo lugar de residencia.

La joven permanecía impasible. Eso le habían recomendado todas sus amigas cuando les compartió que había logrado el encuentro.

—Esta otra carta es de muy buen augurio —señaló la imagen de otra hada reclinada sobre un tapete de hojas multicolores—. ¿Has sentido como angustia, como algo de zozobra, por sentirte sin salida, como si tu camino estuviera cerrado por una niebla espesa? —la pregunta fue respondida con un ligero movimiento de aceptación, pero sus ojos delataron su sorpresa—. Mira con cuidado lo que has vivido hasta este momento, agradece por lo aprendido y prepárate para recibir tu nuevo destino. Adiós a lo viejo, bienvenido lo nuevo... Es una hermosa carta... Lo que te angustia es el temor que todos tenemos a lo desconocido, pero resulta que puede ser la mejor experiencia de tu vida, por lo menos eso dice esta carta —Dinora volvió a señalar la carta de la fecundidad—. Aquí, querida niña, no hay duda, hay un bebé que llega a tu vida para colmar tu existencia de gracias y bendiciones. Prepárate porque ese niño te sacará de la niebla.

Capítulo 16

Cinco veces había corrido hasta el baño y el reloj todavía no marcaba las diez de la mañana. Cassandra no sabía cómo explicarle a la ingeniera que cada vez que se le acercaba para abrazarla de inmediato le daban ganas de vomitar.

«Cómo se le dice a otro ser humano: "Oye, no me abraces porque me provocas vómitos"», se preguntaba, sentada en el suelo, junto al sanitario, esperando que otra porción del líquido amarillo atravesara su garganta. No se había atrevido a comentarle esto a nadie, porque de verdad le avergonzaba sentir aquello. De vez en cuando recordaba con ironía las palabras de Dinora porque el bebé que según ella la iba sacar de la niebla no la dejaba salir del sanitario.

—¿Estas bien? —preguntó desde afuera su querida amiga Sofía, la que siempre la auxiliaba.

—Sí, ya salgo, dame unos minutos. Mejor me esperas afuera. Este olor es inmundo.

Cassandra se movía con dificultad. Su exagerada barriga, aunque apenas tenía cuatro meses de embarazo, le impedía ser más ágil. Así que, con todo el asco que aquello le producía, tuvo que aferrarse al sanitario, las paredes y hasta la chapa de la puerta para ponerse en pie. Después permaneció varios minutos en el lavamanos tratando de eliminar todos los gérmenes que creía se iban a apoderar de ella. La noche anterior había vuelto a soñar con el niño que corría por un camino nublado. Tenía la impresión de que sufría y que quizás ella era la causante de su sufrimiento porque no se cuidaba bien. Por eso volvió a abrir el grifo para fregar con fuerza cada uno de sus dedos. Al terminar, se dirigió a su puesto de trabajo tomando notas mentales de las bromas de sus compañeros por la parsimonia de sus movimientos.

—Vamos, Cassandra, ánimo, te falta poco para coronar.

A la voz de uno se sumaba la de otro y a esas los aplausos o las miradas llenas de ternura y compasión por esa mujer pequeña con una gran barriga que atravesaba el salón llevando con dignidad su figura voluptuosa de mujer fecundada.

Cassandra sonreía pese a la crueldad de algunas frases. Sabía que no había en ellas anhelos oscuros, solo la novedad de tener por compañera de trabajo a una joven bella y embarazada. Acababa de cruzar los treinta años, recién había terminado sus estudios universitarios y brillaba con éxito profesional. Muchos de los chistes y parodias también tenían el propósito de animarla porque todos sabían que su matrimonio hacía meses que naufragaba. El embarazo solo había agudizado los conflictos, pero ni ella ni su pareja tenían el valor de tomar la decisión de terminar.

Con un gran suspiro Cassandra se sentó y contempló el caos de su escritorio. La libreta de anotaciones abierta de par en par con unos garabatos que solo ella entendía. Un enorme vaso de colores con un agua con hierbas, recomendada por las más experimentadas de la oficina, que siempre olvidaba beber porque en el fondo prefería tomar café negro. En una esquina, residuos de paquetes de dulces y galletas que le ofrecían sus compañeros. Y en la pared, pegadas de cualquier modo, fotografías de las salidas con sus amigos de oficina y una con su esposo.

Abrió el cajón del escritorio y lo primero que encontró fue el rollo de lana con las dos agujas, pues estaba empeñada en transformarlo en un par de escarpines y un saco para su bebé. No tenía ni idea sobre cómo tejer, pero lo hacía porque así debía ser. Aunque todos la animaban, ella siempre había sido honesta consigo misma y sabía que si alguna vez su hijo se enteraba de la existencia de aquellas prendas sería posible que la demandara por falta de buen gusto.

Sin darse tiempo para enfrentar el caos, tomó el teclado para continuar con el informe que le venía sacando canas porque no encontraba la fórmula para explicar en un lenguaje técnico lo mucho que había logrado con su trabajo.

Su labor la hacía sentirse plena, como lo predijo la pitonisa. Recordó que a los pocos días de haberla consultado tuvo un sueño inquietante: estaba sentada en una banca de un parque junto a un enorme árbol y un hombre de lentes negros y zapatillas deportivas se le acercó con lentitud. Luego de ponerle una mano en el hombro le dijo: «La transmutación hará regocijar tu espíritu y al mismo tiempo te despojará de alegrías». Y antes de tener la oportunidad de preguntarle algo, ella despertó. Durante una semana tuvo el mismo sueño, hasta que le ofrecieron aquel trabajo y, crédula de sus premoniciones, concluyó que el hombre de sus sueños se refería al cambio de trabajo.

Se descubrió un talento inagotable para dialogar con los niños y los jóvenes; en particular con aquellos que habitaban en los poblados más humildes, que tenían familias desarticuladas o que deambulaban huérfanos en el mundo de los adultos. Para Cassandra era claro que sus dificultades se debían a circunstancias de la vida porque cuando los conocía de cerca sobresalían por su inteligencia, talento y capacidad; solo precisaban de una oportunidad. Ella se valía de cualquier reunión para compartir vívidas experiencias sobre lo acaecido en la rutina con los jóvenes, relatos que concluían con lágrimas o carcajadas, pero nunca con indiferencia.

Con ahínco se esmeraba porque cada joven participara en los aprendizajes, convencida de que el conocimiento les permitiría tomar decisiones acertadas, emprender trayectorias distintas y ver el futuro con mayor claridad. «El conocimiento puede sacarlos de la niebla», solía decir a sus compañeros, sin discernir del todo la fuerza de sus palabras.

La verdad, a veces lo conseguía, otras no, pero Cassandra había aprendido con cierto dolor que, a pesar de entregar con generosidad toda la información, de escuchar, aconsejar y persuadir, hay un instante en el que cada niño y cada adolescente elige y debe asumir la responsabilidad de esa decisión. Ahora ya no la sorprendía cuando, pese a todo su esfuerzo, alguno de los jóvenes optaba por ser guerrillero, madre adolescente, delincuente, trabajar o huir. Fue Mariana, una adolescente de diecisiete años que se vislumbraba como futura abogada, quien sorprendió a todos al casarse con un hombre mayor que tenía vínculos con la delincuencia, la que le explicó el porqué. «Solo elegí», le dijo al verle la cara de desencanto y no tuvo más remedio que aceptar sus palabras.

Su embarazo cambió todo. Ahora sus jornadas transcurrían en su pequeño escritorio elaborando reportes interminables. Su actual figura redonda no le permitía viajar hasta donde vivían los adolescentes que tanto admiraba, así que todo se reducía a esta especie de letargo dedicado a transformar los números en porcentajes para hacer coloridos diagramas de logros que en nada reflejaban la evolución de la muchachada; sin embargo, los donantes los leían con rapidez y a veces los motivaban a hacer pequeños aportes que los hacían sentirse orgullosos de contribuir con la supervivencia de los jóvenes que pululaban en la niebla del desinterés.

Su trabajo contrastaba con el resto de su vida, donde la pasión, la culpa y la violencia se fusionaban en idéntica proporción.

El sonido del teléfono la sacó de su concentración.

—¿Qué quieres? —la voz de Mario hizo sonreír a Cassandra, que bajó el tono y el volumen para hablar.

—¿Ya lo pensaste? ¿Esta noche podría ser?

—Sí lo pensé y creo que tú estás loco. No lo voy a hacer —respondió mientras miraba a todos lados asegurándose de que nadie la escuchaba.

—¿Pero no te parece sexy? A mí me emociona. Yo quiero tenerte con tu panza.

—Me da vergüenza —susurró dejando escapar una risita que borró cuando comprobó que un compañero se acercaba a su escritorio.

—No seas tonta.

—Hablamos después —lo cortó Cassandra, adivinando que la charla pronto tomaría otro rumbo, y guardó con nerviosismo el aparato dentro del escritorio.

Cómo le hubiera gustado que esa fuerza de voluntad de hoy la hubiera tenido el día que Mario decidió acercársele, apretarla y darle aquel beso. Así comenzó a vivir un doble juego que la mantenía siempre al borde del despeñadero.

Mucho antes de casarse, su esposo vivía con otro amor más adictivo, el licor. Desde el primer día de matrimonio, Cassandra vislumbró con decepción el derrumbamiento del héroe que había elegido para construir una historia. Con el tiempo, la soledad fue su habitual compañía: vivía en un hogar habitado solo por ella, pero tenía una imagen recurrente, la de despertarse y en plena noche ver que surgía un hombre que se dirigía a ella como si la conociese, entonces se le iluminaba el rostro y su aprehensión desaparecía. Y le atribuyó a aquella escena el don de la protección; así, cuando la invadía la sensación de desarraigo, se refugiaba en su escudo bienhechor.

Mario apareció y encontró un terreno abonado. No era el más inteligente ni el más guapo. Había muchas cosas que le molestaban de él, pero sabía cómo ser un amante y en eso residía su encanto. La vulnerabilidad, la soledad y el desdén por sí misma fueron un imán poderoso para aquel apasionado que no tuvo ningún reparo en desplegar sus hechizos para despertar los arrebatos de Cassandra.

Cassandra y Mario protagonizaron un frenesí que ignoraba con desatino los cánones conservadores establecidos, incluso a costa de perder el trabajo. No hubo límite que no se traspasara y el engaño y la mentira eran el velo del que estaba hecho el nido de su desaforado ardor. Hasta que el embarazo llegó y de inmediato la aplacó porque se convenció que esa era una premonición.

Su vida se repartía entre un trabajo que amaba, los encuentros esporádicos con Mario —que la llenaban de culpa— y la relación con su marido —que cada vez se parecía menos a lo que había soñado—, pero la maternidad la había hecho reconocer su poder femenino. Se sentía dueña de sí misma, protectora de su pequeño y poseedora de una felicidad de dimensiones inconmensurables que no sabía que podía poseer.

Desde el día en que se enteró se transformó. No quiso seguir saliendo en las noches, pidió a su jefe que le limitara los viajes, se compró vestidos amplios que le permitieran lucir su figura redonda, aun sin tenerla, y su familia materna pasó a ser más importante. Hasta creyó que de pronto podría comenzar de nuevo su vida marital. Así pudo controlar su inexplicable fascinación por Mario, como lo acababa de demostrar al cortarle la llamada.

—¿Tenemos el informe listo? —preguntó Robin, su jefe, recostado en el quicio de la puerta con la mano en la cintura, la camisa arrugada y las gafas en la punta de la nariz.

—Estoy en esas. Ya falta poco. Tengo que consolidar unas compras locales y creo que lo tendré terminado en una hora —respondió Cassandra sonriéndole a esas gafas gruesas y a esa mirada en apariencia amenazante, que a ella le parecía la más dulce de las ojeadas.

El hombre se marchó con las manos en los bolsillos y continuó con su habitual paseo por los escritorios, preguntando a cada uno, casi que al oído, «¿Cómo va la tarea?». Más que un modo de controlar el trabajo, alguna vez había confesado que lo que hacía era estirar las piernas, pero que le divertía aterrorizar a sus empleados con su presencia cercana y sus peculiares anteojos.

Nadie le temía porque todos reconocían desde el comienzo esa alma buena que apostaba a transformar el mundo. Su forma de liderar era darles inspiración y lo hacía bien.

Aquellos tiempos sobresaldrían por estar llenos de aprendizajes, altibajos y búsquedas. Cassandra debía dilucidar cada día, pero creía que ahora sabía el camino. Lo que no podía ver era que la vida la preparaba para enfrentar algo que requeriría de todas sus fuerzas. Algo que quizás nunca terminaría de entender.

Capítulo 17

La pitonisa Dinora no se equivocó cuando le dijo que aquel pequeño la sacaría de la niebla. Bastó con sostenerlo en sus brazos para que Cassandra se rindiera ante sus pequeños puños apretados, su boquita succionadora, su aroma a ella y la euforia de saber que era carne de su carne. La ensalzaba un espíritu de agradecimiento por haber sido elegida para llevar vida.

La embriaguez de aquel instante no podía ser más inquebrantable. No existían los ruidos de la calle, de la clínica, ni siquiera las voces de alegría de su esposo Milton o de su familia; solo prevalecían ella y su bebé. Sin desabrigarlo mucho, pero con cuidado, recorrió con su mano al recién llegado al mundo y por su mente pasaron los últimos meses y sus ilusorios planes.

«Cómo lo pude pensar...», murmuró mientras contemplaba a la criatura. Hacía apenas tres meses se había convencido de que con el alumbramiento ocurriría la transformación que tanto añoraba en su hogar. «Un niño es una bendición», le repetían y eso era lo que requería su matrimonio para salir del despeñadero. Tenía la ilusión de que el bebé actuaría como un conjuro. Con ese anhelo se alejó de Mario sin mucho convencimiento, aunque en el fondo sabía que no era más que una quimera.

—Cómo se me ocurrió ponerte a cargo de mi vida —volvió a murmurar Cassandra delineando con el dedo el rostro del bebé y sus minúsculos brazos, a los que ella, ingenua, les había atribuido el poder de reparar matrimonios.

No había lugar a equívocos. Aquel pequeño ser no sería responsable de reparar nada, lo que le urgía eran cuidados y protección. Ella lo comprendió y sin que nadie lo notara, unas alas multicolores brotaron de su espalda, similares a las de aquella hada que había visto en casa de Dinora.

Cassandra no se cansaba de mirarlo. Un buen día él le devolvió la mirada y quedaron enlazados en una visión: en los ojos del bebé vio con claridad un sendero cubierto por una bruma espesa y a varios niños que entraban a la niebla ayudados por otro niño que hacía de anfitrión. Cassandra no podía dejar de mirar, estaba petrificada pero tranquila. Siguió observando a varios niños que atravesaron aquella curiosa puerta de nubes y de repente el niño anfitrión caminó directo hacia a ella y dijo una palabra.

En ese instante, llegó su familia y, sin mediar explicaciones, les dijo:

—Su nombre será Daniyel —expresó con el bebé en brazos y una seguridad que no daba oportunidad a preguntas.

—¿Por qué ese nombre? —quiso saber Milton.

—Es el que le corresponde —dijo y pidió que le alcanzaran una almohada para sostener mejor a Daniyel, sin recordar la visión que la había enajenado, como si nunca hubiera existido.

Capítulo 18

A Cassandra ya no la invadía la indecisión. Con Daniyel en sus brazos experimentó la romería de las mujeres del presente, del pasado, conocidas y desconocidas, prominentes y anónimas, cargadas con la experiencia de la prolijidad en el cuidado de los bebés, que inyectaron su espíritu con la sabiduría de ser madre.

En sus treinta años de existencia nunca había sentido esa certeza de saberse guardiana, guerrera, aprendiz y maestra de su pequeño. Al contemplarse en el espejo se sentía única. Veía la abundancia de sus senos colmados de alimento para su hijo y no veía las estrías que atravesaban su panza o la flacidez que mostraban sus carnes, recordándole que la vida no está tallada en piedra sino en la piel y deja huellas.

Debutó con todos los miedos propios de la impericia, pero aprendió rápido y puso en práctica las recomendaciones de las mayores. Por ejemplo, si había un rayo de sol sanador extendía un cobertor y ponía sobre él a Daniyel para que aprovechara sus bendiciones. Tomaba y comía todo lo que le recomendaban para producir más leche, sin importarle los kilos de más. En cuanto pudo salir, fue con su hijo a todos los parques y todas las tiendas donde le compraba ropa que a veces no alcanzaba a usar porque crecía a gran velocidad, como si estuviera escrito que su trayecto sería efímero.

Milton creía que la mejor forma de contribuir con su nueva familia era presumirlo con sus amistades y brindar por el recién nacido cada fin de semana y también un martes o un miércoles. No se le ocurrió participar en las labores de crianza y las dejó bajo la tutela exclusiva de la madre. Según él, ella era la más inteligente de los dos para esas cosas.

Esas grietas de la relación de sus padres no eran percibidas por Daniyel, que se sintió amado por toda su familia y para corresponder a tanto afecto dejaba escapar aquellas carcajadas con las que su madre se sentía plena y feliz.

«Pedí un príncipe azul y esto fue lo que me dieron», solía decir Cassandra a sus amigas, mostrando con vanagloria a ese bebé radiante.

Una de aquellas visitas que atraen los recién nacidos fue la de la vaticinadora Dinora. Asombró a la familia con su llegada porque tenía fama de nunca salir, dada el aura de misterio que quería dar a su vida, pero también por su enormidad que le dificultaba ir de un lugar a otro.

—Tenía que verlo —dijo sin más Dinora mientras intentaba acomodarse en un sofá que era demasiado bajo, aunque amplio.

Cassandra, no obstante estar intranquila, le entregó a Daniyel envuelto en una manta para que ella lo cargara. Dinora levantó la mano para acariciar la cabeza del bebé con cierta deferencia cargada de respeto. Su gesto fue correspondido con una gran sonrisa, además, el niño enredó una de sus pequeñas manos en la toquilla con la que Dinora se cubría.

—¿Por qué querías verlo? —preguntó Cassandra, intentando retirar al bebé del regazo de Dinora, pero esta estaba embebida observándolo y no se percató de la incomodidad creciente de la madre. El silencio de la madre llamó la atención de Dinora que una vez levantó la mirada supo que debía devolver al bebé. Se lo entregó con una sonrisa sincera de devoción.

—Eres muy afortunada —le dijo por fin—. Este niño está destinado a llevar luz a la oscuridad no solo aquí, sino en los otros planos habitados por los no vivos —abrazó con fuerza al bebé al escuchar semejante expresión—. Daniyel, qué nombre tan apropiado. Significa el que imparte justicia, el que guía, el que es lector de sueños —agregó Dinora aunque Cassandra no recordaba por qué había elegido aquel nombre—. Tendrá una vida prolija en experiencias, será un guía que acogerá a los niños —la madre sonrió y se sintió orgullosa de su pequeño, que ahora había perdido interés en la visitante y solo quería estar en sus brazos—. Y, aunque parezca contradictorio, vivirá siempre en la niebla, encausando a las conciencias extraviadas —continuó Dinora.

Con el recelo de que el encuentro se extendiera más, Cassandra interrumpió a su visitante.

—Dinora, agradezco mucho tus palabras. Es tan hermoso y me halaga que hayas venido hasta mi casa a conocer a mi hijo, pero ahora debemos prepararnos para salir a una cita que tiene y ya sabes cómo es eso, necesito mucho tiempo porque debo pensar en muchas cosas y no olvidar nada.

—Soy yo la que te debe agradecer por recibirme así, sin anunciarme. Mas no quiero marcharme sin compartirte el motivo real de mi visita…

—De entrada, quiero decirte que, si es algo malo sobre Daniyel o sobre mí, no quiero saberlo —la cortó en seco—. Preciso de mucha entereza para entregarle a mi hijo lo que se merece —por instinto, cobijó con sus brazos al bebé para que no escuchara lo que aquella mujer pudiera decir.

—No te preocupes. Si supiera algo malo, nunca hubiera venido. Lo que pasa es que no se trata de ti, sino de mí. Tú no lo sabes, pero hace muchos años, antes de tener a mis hijos actuales, tuve una hija. Mi pequeña nunca pudo abandonar la clínica porque respirar se le hacía un martirio. Cuando partió, mi esposo y yo entendimos que ella llegaría a algún lugar donde no tendría tubos ni agujas que la hicieran sufrir.

Una inesperada palpitación estremeció a Cassandra, pero con sincera fraternidad se acomodó en una silla para escuchar a Dinora mientras Daniyel dormía.

—Hace tres noches —continuó Dinora— estaba a punto de conciliar el sueño y cuando cerré los ojos me vi a mí misma en un jardín de gardenias. La imagen era tan realista que percibía ese olor que tanto me fascina. Al tocar una flor, en medio de la bruma aparecieron dos niños, un niño y una niña quienes, al verme, vinieron y comenzaron a correr a mi alrededor. De pronto la niña se acercó y me tocó la cara con su manita. «Estoy bien, soy Kaela», me dijo y yo quise abrazarla, pero ella no lo permitió y se aferró a la mano del otro niño. «A él pronto lo conocerás, es el Temaszin», agregó. Y cuando quise preguntar más, la alarma sonó.

Cassandra, antaño tan crédula, ahora tenía serias dudas sobre lo que pretendía la vaticinadora.

—Tengo más de trescientas clientas y la única que acaba de dar a luz eres tú. Así que no tengo duda de que ese niño que vi allí era Daniyel —sacó de su bolso un viejo libro—. Tuve que hablar con un librero amigo para que me explicara qué era eso del Temaszin. Después de escucharlo comprendí la misión de tu hijo.

Cassandra aflojó un poco su ansiedad, pero se mantuvo alerta.

—Un Temaszin es un guardián signado por los seres supremos, cuya misión es encauzar a los inocentes, me explicó el librero. Tiene la potestad de navegar entre la oscuridad y la luz —Dinora abrió el pequeño libro de tapa negra y líneas doradas, buscando lo que quería mostrarle—. Aquí está.

Con el dedo le señaló una imagen dibujada a lápiz de un camino demarcado por flores pequeñas a lado y lado. Al final del trayecto el artista representó a varios niños que brotaban de una nube espesa y un ángel los ayudaba a salir.

—Él es el Temaszin —dijo Dinora—. ¿Lo ves? Y esa es su misión: ayudar a otros.

De improviso, Cassandra se levantó.

—De verdad tenemos que irnos ya. Por favor, discúlpame, pero no puedo hablar más. Se me hace tarde.

Salió corriendo con Daniyel en los brazos y lo puso en su cuna. Luego regresó.

—Gracias por decirme todo eso y por venir a mi casa a contármelo, pero ya no tengo más tiempo —le dijo mientras la ayudaba a levantarse del sofá y luego casi la arrastró hasta la puerta.

Dinora estaba sorprendida, pero la dejó hacer. Ya en la puerta, a punto de marcharse, se le iluminó el rostro.

—Esa imagen ya la habías visto, ¿cierto?

Cassandra se impresionó con la afirmación de la vaticinadora y bajó los ojos sin querer responder.

—¿Cuándo la viste? —preguntó Dinora.

—El día en que nació la vi en la bruma de sus ojos.

Capítulo 19

Resultó que lo más difícil no fue regresar al trabajo, dejar a Daniyel al cuidado de una extraña, reencontrarse con Mario o constatar que la rutina se emparejaba de manera perfecta con el aburrimiento. Eso no era tan enojoso. Lo que en verdad la apenó fue que una mañana, como cualquier otra, mientras intentaba alisar su cabello, se dio cuenta de que su matrimonio rodaba al fondo del despeñadero y que ella no tenía interés en salvarlo.

La verdad era que el aprendizaje de ser madre lo vivía en perfecta soledad. La imagen del hogar rodeado del calor amoroso de madre y padre no existía en su realidad. Milton bebía todo el tiempo y su hijo seguía siendo un motivo más para alzar la copa. Lo amaba, no había duda, pero tenía una pasión más apremiante con la botella y a ella le destinaba todo su tiempo y su dinero.

Al regreso de la clínica la vida transcurrió tranquila entre las visitas de familiares y amigos y el aprendizaje como madre primeriza. Cada día había un sonido, un movimiento, un gesto nuevo que Cassandra contemplaba entre miedos y ternura, aplicando a veces el conocimiento de las mayores y otras dejándose llevar por su intuición. Aunque desconfiaba mucho de su propio discernimiento, solo se tenía a sí misma para resolverlo todo.

En conclusión, se había equivocado: un hijo no soluciona relaciones rotas y de ese error había aprendido con mucho dolor. La sabiduría de la vida le dejó claro que el tiempo y el contacto con aquel pequeño eran suficientes, que juntos aprenderían a compartir su trayecto en la vida y que su felicidad era plena con las maravillas que el bebé le prodigaba para recordarle que ella era su mamá.

—¿Esta noche llegarás temprano para acostarlo? —preguntó a Milton sin mucho convencimiento.

—Claro que sí —respondió él con el mismo tono falto de seguridad.

Milton no le había contado que ese día era muy importante porque se iba a lanzar a la aventura de tener su propia empresa. Hacía días que lo estaba pensando y ya la situación en el trabajo se había vuelto insostenible. Se sentía perseguido y no reconocido.

—Hasta la noche —se despidió Milton tras darle un beso tierno al bebé sin reparar en su esposa, que tanto había cambiado después del embarazo. Salió apresurado y en el camino se encontró con Juvenal, el vecino al que Cassandra identificaba como el vago del barrio.

—¿Esta noche nos tomamos algo para la sed? —le gritó desde el otro lado de la calle. Milton le respondió con un gesto de la mano en aprobación.

Nunca llegaba tarde a su trabajo y le molestaba que eso no fuera considerado en su desempeño laboral. Su escritorio quedaba frente a la ventana, era el más grande de todos. Allí tenía varias fotos de su hijo y ninguna de su esposa. Los resaltadores estaban organizados por orden de color y las reglas y las escuadras por tamaño. Era el único que había comprado un perchero para su chaqueta y se molestaba si alguien más lo usaba. Al abrir el cajón, estaban los ganchos, los clips y los chinches de colores en sus correspondientes recipientes. No había allí espacio para el revoltijo.

—¿Cómo estamos hoy, Milton? —le preguntó su supervisora observándolo por encima de las gafas.

—Perfecto, como siempre —le respondió él, desafiante, mientras cerraba con fuerza el último cajón de su escritorio, en el que guardaba una pequeña botella siempre dispuesta a darle los buenos días.

—Hoy tenemos una reunión a las once de la mañana. Prepárate para hacer la presentación de tu área —el ligero temblor de Milton fue invisible para la supervisora, que de inmediato abandonó la sala. El joven oficinista agradeció el gesto porque en ese instante tenía una razón de más para echarse el primer trago. Necesitaba ese alivio con urgencia.

Sin embargo, encendió la computadora y comenzó a escribir el informe que debía entregar en menos de dos horas. Aplazó su cita con el tequila decidido a culminarlo en tiempo récord para la reunión. Las palabras fluyeron con gracia, la descripción de que cada producto fue precisa, los resultados y las recomendaciones eran dignas de un empleado de alto nivel intelectual.

—¿Estás ocupado? ¿Terminaste el informe? —le preguntó Adalberto, su compañero de trabajo y el único amigo de confianza.

—En esas estoy, dame un momento y te lo comparto para que lo mires —respondió Milton.

Unos minutos después se hizo a un lado para que su amigo Adalberto se sentara y lo leyera. Con la seguridad de que no habría errores, su amigo lo devoró y en sus labios se dibujó una sonrisa de sincera admiración.

—Milton, no sé cómo no eres consciente del talento que tienes. Es un informe brillante y no tendrán más opción que felicitarte —se retiró del escritorio y bajando la voz le dijo—: Imagina todo lo que lograrías si abandonaras a tu amiga del último cajón.

—No te preocupes, que eso lo puedo controlar, lo único que no domino es a mi mujer —respondió Milton que siempre le respondía lo mismo y sonreía.

—¿Y cómo están Cassandra y el heredero? —preguntó derrotado Adalberto, porque su amigo se negaba a reconocer que tenía un problema que hacía rato se le había salido de las manos.

—Cassandra dedicada a Daniyel, no sé más de ella. Mi hijo regalándome sus mejores sonrisas. Ya sabe que soy su papá. Todos dicen que somos igualitos, es como verme en un espejo —movía las manos y entreabría los ojos como si recordara el instante preciso en que se reconoció en su hijo.

—Tienes que hablar con Cassandra para que te deje pasar más tiempo a solas con él. El día que lo hice con mi hijo, comprendí dos cosas: que esa es una conexión que no se rompe y, además, entendí todo lo que hace mi esposa cuando yo no estoy.

Adalberto hablaba desde su experiencia con sus tres hijos ya adolescentes, pero también desde su amorosa relación con su compañera de vida.

—Ella no me permite compartir nada ni estar con él. Dice que teme que lo deje en un bar mientras me emborracho. De ese nivel cree que soy —le explicó Milton con resentimiento.

—Si somos sinceros, razón no le falta para creer eso, ¿o no recuerdas la celebración que hiciste el día que ella llegó a casa con el bebé?

Milton no tuvo tiempo de revirar porque ya la supervisora estaba en el quicio de la puerta.

—Las once —dijo, giró y se dirigió al salón de juntas, esperando que los dos hombres la siguieran.

La exposición en la junta fue impecable. Milton y Adalberto recibieron el reconocimiento que se merecían, pero los líderes de la compañía tuvieron cuidado de que los elogios no se tradujeran en promociones ni adiciones salariales. Sin duda alguna, los dos tenían una gran calidad profesional y su buena fama, que tanta admiración y envidia causaba, estaba bien sustentada. La única que no se entusiasmó fue la supervisora, que tenía la instrucción de tomar medidas en el caso de Milton, disposiciones que a ella le parecían razonables.

El par de amigos decidió celebrar lo sucedido con un suculento almuerzo entre risas y charla. Adalberto se esforzó por evitar la presencia del licor, pero fracasó.

—Es que nos fue bien y este es el primero del día. Tú sabes que a esta hora ya tendría varios entre pecho y espalda —se justificó Milton mientras se bebía de un trago la pequeña copa de tequila.

—Ya sabemos dónde termina esto. No es un secreto, ya no te puedo llevar a la oficina.

—Exageras. Solo este y otro antes de irnos.

—Amigo, te estas pasando de listo y vas a terminar solo y arruinado.

—Dramatizas —respondió Milton mientras le hacía un gesto al mesero para que le repitiera la dosis —esta es la única manera de olvidar que mi mujer no me ama, que es probable que ame a otro, que quizás ese hijo no sea mío o que yo esté en riesgo de perder el trabajo por esa bruja de jefa que tenemos.

—Hablas incoherencias y sabes que lo haces para justificarte. Si tu mujer no te ama es porque la dejas sola por estar en los bares, y si tiene a alguien es porque le demostraste que para ti es más importante beber que ella.

Milton bajó la cabeza y sin pensarlo mucho se llevó la siguiente copa a los labios.

—Si Daniyel no es tu hijo, le va a tocar hacerse una cirugía plástica cuando crezca, porque es igualito a ti —Adalberto le hizo gesto al mesero para que no atendiera—. El problema no está ahí y tú lo sabes.

Milton se levantó de mala gana y sacó el dinero para pagar la cuenta. Dijo:

—Lo peor que me puede pasar es perder mi trabajo, porque lo que es mi matrimonio ya está acabado.

Capítulo 20

Cassandra ya no pretendía encontrar razones para reparar su matrimonio porque tenía en sus manos una vida que demandaba toda su atención. Así que optó por trabajar y seguir adelante. Su empleo ya no le inspiraba tanta pasión, aunque le gustaba lo que hacía, pero prefería estar con su hijo. Como cualquier mujer en su situación, no podía renunciar. Ahora ella era la que financiaba todos los gastos del hogar y, como si el destino se empeñara en restregarle el hecho de estar necesitada, la habían asignado a un equipo donde el jefe tenía serios problemas para aceptar a mujeres con hijos que debían salir temprano porque tenían que amamantarlos. Su derecho a ser madre se transformó en un favor que el tirano le otorgaba recordándole siempre que los otros sí podían quedarse.

Salía sintiéndose mal, preguntándose si para eso había estudiado, avergonzada con sus compañeros y con pavor de quedar en el macabro listado de los cortes de personal. Ya Daniyel estaba próximo a cumplir quince meses y no había logrado un traslado que le aliviara la carga laboral porque el tirano reconocía en silencio su talento y sabía que en esa condición podía sacarle más provecho.

Los breves encuentros con Mario eran un remanso de paz que le devolvían algo de su autoestima. Él insistía en retomar la efusión de otros tiempos y le endulzaba el oído con secretos eróticos que solo ellos comprendían, pero Cassandra se había hecho la promesa de no destinar ni un minuto a nadie, solo a Daniyel. Confiaba en que tarde o temprano Mario se cansaría de sus ardores no correspondidos y encontraría a alguien en quien desfogarlos.

Cuando regresó a la oficina, Cassandra todavía tenía en sus carnes las huellas de su embarazo. Enfundada en un ceñidor que le quitaba el aire y le hacía lucir más grandes los pechos, aún sin poder usar los trajes de los tiempos de soltería, se sentía avergonzada al ver a Mario.

—Exactamente así quería verte, voluptuosa, una mamá sexy —le susurró al pasar y la dejó ruborizada y con una tonta sonrisa dibujada en el rostro.

Levantó la frente, caminó hacia su escritorio y creyó ver en los ojos de sus compañeros una mirada juzgadora. «Y la que no tenga su historia, que cuente la mía», recordó las palabras de Sulpicia, la poeta, que le parecieron muy inspiradoras en aquel instante.

—Cómo es posible que Daniyel ahora disfrute de lo que antes era solo mío. Tú deberías ser más consciente de tus responsabilidades conmigo. A ambos nos debes atender —le decía Mario por el teléfono y sin esperar respuesta continuaba—. Quizás no te acuerdas de lo que hemos vivido. Podríamos tomarnos un descanso a mediodía y hacer memoria —reía y cortaba la llamada.

Mario no estaba enamorado de Cassandra ni de nadie. A pesar de aproximarse a los cuarenta era un amante empedernido y parecía ser que ya no conseguiría la madurez suficiente para apostarle al compromiso. Desde la adolescencia descubrió que tenía un halo que encantaba a las mujeres, pues sin hacer el más mínimo esfuerzo lograba que se enamoraran perdidamente de él. Al principio creyó que así era el amor, aunque pronto descubrió las facetas femeninas de los celos, la infidelidad y la venganza que terminaron por hacerlo pasar malos ratos, si bien no tan malos como para no seguir en las mismas.

Con los años se volvió cauteloso y reservado. No presumía de sus conquistas y se daba el lujo de elegir a aquellas que se declaraban de manera abierta dueñas de su cuerpo y su sexualidad. Lo que no concebía es que ellas también lo pudieran rechazar o lo vieran como amante de un ratico.

—¿Así es como se siente? —le comentó Mario a un barman luego de recibir el dulce rechazo de una arquitecta con la que creía que tendría un romance de largo aliento.

Ella le aclaró con sinceridad cuáles eran sus pretensiones y cómo él no encajaba en su futuro inmediato. Este rechazo no lo motivó a plantearse formas distintas de construir relaciones, sino a esmerarse en afinar sus habilidades de seductor.

Su don no estaba en su físico nada más. Era alto, delgado y tenía facciones bastante viriles; se vestía con buen gusto, escuchaba atento a las mujeres y tenía un sinnúmero de frases ocurrentes que siempre arrancaban una sonrisa. Sabía en qué momento una expresión erótica conseguía abrir el camino de la aceptación. Se vanagloriaba de tener la paciencia de un relojero, para mirar con detalle y ajustar cada pieza hasta la perfección. Este envoltorio empalagoso estaba acompañado por una innegable habilidad para el goce sensual.

Era un buen lector y un escritor siempre en ciernes, pues su gran locuacidad la compartía con sus allegados y en especial con ellas. No era irritante, simplemente un hedonista que en el fondo veía el compromiso como una carga, incapaz de superar obstáculos en las relaciones y verse a sí mismo como un hombre de familia.

Con Cassandra tenía una conexión que él creía especial, porque sabía que no era una mujer de libertades, era más bien conservadora, con un estúpido marido que no sabía cuidarla. A él se le figuraba como una soñadora arando en un campo de tempestades. Se le acercó con cautela, temiendo que no lo aceptara y fue así al principio, pero insistió y en ese proceso descubrió a la mujer de la que se creía enamorado.

Fue la primera vez que se planteó confrontar al marido o al novio o a otro amante para quedarse con la dama, aunque en su espíritu solo habitaba el deseo. Creyó por un instante, bastante breve, por cierto, que quizás Cassandra sí era.

—Estoy embarazada —le dijo mirándolo a los ojos, y antes de que él pudiera responder con evasivas, agregó—. No es tuyo —un imperceptible suspiro de alivio salió de Mario y con él la certeza de que Cassandra no era.

Sin embargo, le encantó verle crecer la panza y percibir su evolución hasta convertirse en una mamá sexy. No dejó de desearla, pero supo que, aunque Cassandra recibía con una sonrisa las insinuaciones de su enamorado, ya recorría otro trayecto en el que no había espacio para él y tampoco para su marido.

—Podrías timbrar una tarjeta con la frase «Para mi único amor» y todas te creerían —le decía el barman cuando le contó esta historia, acostumbrado como estaba a escuchar las aventuras del eterno concubino, y no se equivocaba.

Capítulo 21

La vida de Cassandra era otra al cruzar el umbral de su pequeño apartamento y ver a Daniyel corriendo hacia ella con los brazos extendidos y absolutamente feliz de verla. Ese instante de dicha saldaba todos los sinsabores sufridos en el trabajo o generados por la presencia de Milton.

Luego, la joven que le ayudaba con el cuidado del niño le daba un detallado informe de cómo había transcurrido el día, mientras Cassandra lo consentía, revisaba todo su cuerpo y lo alimentaba. Pese a que ya tenía casi año y medio, no había renunciado a seguir amamantándolo porque los médicos le aseguraban que esa era la mejor manera de mantenerlo saludable. Esa decisión significaba una esclavitud voluntaria y, para ser sincera, a veces se arrepentía porque el pequeño Daniyel ya no la dejaba en paz.

La niñera se despedía agradeciendo su pago, con la promesa de madrugar al día siguiente. Cassandra entonces emprendía un ritual de amor con su hijo que empezaba con un baño de burbujas, cremas y talcos, seguía con una abrigadora piyama para finalizar con la lectura de un libro en la cama antes de dormir. Vivía empeñada en que su hijo adorara los libros y sabía que la única forma de lograr esto era dejárselos al alcance de sus manos. Así que el pequeño cogía alguno de los que tenían en su cuarto y se lo alcanzaba a su mamá para que ella se lo narrara con las voces que sabía imitar. A veces leían cada cuento varias veces, hasta que el niño enojado entendía que el sueño tenía más poder que él.

Dinora —quien desde aquella visita nunca más volvió a la casa, con gran beneplácito de la madre, que ya no veía con buenos ojos dejar en una vaticinadora el destino de su hijo— decidió zanjar la distancia con un obsequio. Sabía del gusto de Cassandra por los libros, así que le obsequió uno de cuentos infantiles al que le escribió una sencilla frase: «Cuentos para augures bienhechores», con lo que Cassandra dio por descontado que era un presente cargado de bellos designios.

Era un cuento antiguo que narraba la vida de un grupo de niños cuya misión era jugar. Como muchos de los cuentos de Sherezada, cada capítulo terminaba con la promesa de que el siguiente traería un divertimento aún mayor. Cassandra estimó que aquel libro solo podría ser aceptado por Daniyel cuando fuera un poco más grandecito y comprendiera que hay libros sin grandes dibujos y colores que también pueden entretener la imaginación. Sin embargo, lo dejó en la mesilla junto a la cama del niño y una noche, sin saber por qué, decidió empezar a leerlo.

El primer cuento trataba de una mujer llamada Lucila, una matrona bondadosa que usaba faldones donde estaban tejidos por igual la noche y el día. Sus brazos eran tan reconfortantes que podía dar cobijo a todos los niños del mundo y su sola presencia era suficiente para que la amaran de principio a fin.

—¿Te gusta? —preguntó Cassandra a su pequeño, que escuchaba el cuento con los ojos muy abiertos.

Ella continuó con una entretenida descripción de un invernadero colmado de tulipanes, pero sin color, y allí había un juego que consistía en que cada niño tenía que pensar en una palabra y, si era la acertada, la flor adquiría un color particular. Si varios niños pensaban la misma palabra, compartían el mismo color, y Lucila se iba encargando de armonizar con los grupos hasta formar un gran arcoíris con una puerta al final, detrás de la cual les esperaba el siguiente juego.

Cassandra quedó prendada del relato, pero no pudo seguirlo porque su pequeño dormía plácido en su regazo. Antes de cerrar el libro, ojeó el título del siguiente capítulo, *Encuentro con el Temaszin,* y un estremecimiento le recorrió el cuerpo al recordar la conversación con Dinora.

—¿Ya se durmió? —los ojos vidriosos y la sonrisa insulsa de Milton lo delataban.

—Acaba de hacerlo, por favor, no hagas ruido que lo vas a despertar —dijo Cassandra mientras se levantaba con mucha delicadeza para dejar a Daniyel arropado y rodeado de sus juguetes favoritos.

—También tengo derecho a verlo.

—Si llegaras más temprano y sin oler a trago podrías reclamar derechos, mientras tanto... no me hagas reír.

Hacía meses la contienda se había declarado y ambos habían desistido de cualquier intento encaminado a recuperar su relación. Las condiciones de la batalla variaban cada día. A veces era el azote de las puertas, la música al máximo volumen, el cerrojo en la puerta del cuarto compartido, las palabras ofensivas prodigadas con generosidad. Los días que transitaban tranquilos sucedían cuando el silencio era la opción para no gritar.

Esa era la rutina y a Cassandra le era difícil explicarles a sus amigos por qué seguía allí. Quizás porque tenía la convicción de que Daniyel se merecía un padre y Milton era el único que había. Guardaba la esperanza de que reapareciera el hombre del que se había enamorado, que, encontrando la cura para aquel vicio que lo consumía, pudiera volver para construir el hogar que ella había soñado. Necesitó de mucho tiempo para comprender que el destino escribe la historia a su manera. Tardaría casi cinco años en darse cuenta.

Tercera parte

Capítulo 22

—¿Cómo te llamas? —preguntó el niño de cabello ensortijado y largo mientras dejaba su estuche de violín a un lado y esperaba a que los demás llegaran.

—Jesús —respondió el otro niño, aliviado de encontrar un amigo en su primer día de clase. Él también puso su estuche en el piso.

—Mi mamá dice que a los que se llaman Jesús les dicen Jared —opinó con propiedad mientras se aseguraba de tener el cuaderno y las partituras.

—¿Por qué? —dijo Jesús sosteniéndole la mirada a su interlocutor.

—No sé. ¿Te dicen Jared? —quiso saber, curioso.

—No. Me llaman Jesús —insistió el chico dando por terminada la conversación.

La maestra abrió la puerta del salón y los niños guardaron silencio. Ella hizo un gesto e ingresaron en fila, cada uno con su instrumento. Hubo mucho ruido de sillas arrastrándose y la directora esperó a que el grupo se acomodara.

—Tú puedes decirme Jared —dijo Jesús a su compañero de asiento.

—Soy Daniyel, pero todos me dicen Dani —respondió este con una sonrisa que sellaría una amistad que trascendería los confines.

Jared y Dani asistían por primera vez a ese grupo musical escolar integrado por quince participantes. Pese al anhelo de la maestra de conformar una orquesta sinfónica infantil, se trataba más de un grupo de estudiantes cuyos padres tenían alguna frustración musical o una alucinación adulta que los hacía ver estrellas de la música donde solo había pequeños desarrollando sus habilidades. Pese a todo, el coro tenía un par de niñas con voces excepcionales, que hacían lucir al conjunto como una banda afinada.

Dani y Jared permanecieron de pie esperando a que la maestra les indicara su lugar. A sus ocho años habían participado en varios coros de voz, habían empezado a tocar violín y ahora sus familias decidieron pagarles clases particulares. La maestra los aceptó solo con la excusa de completar el cupo, ya había perdido la fe de encontrar nuevos talentos.

El salón era estrecho, con tres hileras de sillas ubicadas en forma de medialuna. Frente a cada una había un atril para las partituras. En una esquina había una pequeña tarima para las dos cantantes que aún no habían llegado. Y las paredes estaban acondicionadas con cubetas de huevos para mejorar la calidad del sonido, para lo cual la maestra organizó una campaña ecológica con las familias.

Los pequeños se sentaron a la izquierda en la primera fila y abrieron sus estuches. Danny sacó su partitura y notó que Jared se llevó la mano a la cabeza mientras buscaba desesperado la suya, mirando con angustia a su nuevo amigo. Dani tomó la suya y la escondió en el maletín.

—¿Y sus partituras? —preguntó la maestra.

—Las olvidamos —respondió Dani con voz tranquila y con la mirada fija en las manos de la maestra, mientras Jared mantenía silencio temiendo que alguien se hubiera dado cuenta de lo que ocurría.

—Por ser su primer día, los excuso, pero esto no puede volver a pasar.

Jared agradecía al universo tener como compañero a ese extraño que lo ayudó sin conocerlo. Lo sentía como un protector llegado de otra galaxia que tenía la misión de salvarlo. Su acción lo había elevado, a los ojos de Jared, a la categoría de héroe y amigo especial. Aunque aún no tenía claro el concepto de lealtad, desde el fondo de su corazón sentía que con Dani podía contar.

La clase transcurrió sin contratiempos. Los dos niños recibieron con agrado la sonrisa de la maestra por su interpretación, que contrastó con la dureza con que se dirigió a Guillo, un niño rubio, el más alto, que se esforzaba hasta la locura por mantener las notas, pero no podía seguirle el paso a los demás. La maestra lo tenía entre ojos y destacaba con rudeza sus faltas. Todos temían ser el siguiente blanco de los desahogos de la mujer.

Al terminar la lección, niñas y niñas empacaron sus instrumentos y salieron corriendo como si huyeran de una prisión.

Dani corrió alborozado al encuentro de Cassandra, quien se destacaba entre las otras mamás por su amplia falda de flores y su cabello rizado y rebelde amarrado con una cinta naranja. Mientras la envolvía con sus brazos, Dani notó que a Jared lo esperaba el papá o quizás el abuelo, un hombre mayor de cabello cano, que lo despeinó y le recibió el estuche del violín. Antes de alejarse, Jared volteó y le sonrió a Dani.

—¿Cómo te fue hoy en la clase? ¿Te gusto? ¿Qué tal la maestra? ¿Hiciste amigos? —preguntó Cassandra en ráfaga, como era su costumbre, de camino a casa. Procuraba hacer largo el trayecto porque la caminata le ayudaba a luchar contra esos kilos de más que se negaban a abandonarla.

Desde que se habían mudado a aquel pueblo, su vida había dado un vuelco enorme. Tuvo el valor de divorciarse y cortar con el caos de su pasado, incluyendo a Mario. Con esa decisión también perdió cosas que amaba, como su trabajo con los jóvenes, que era su caja mágica para refugiarse del dolor y la soledad. También extrañaba la cercanía con su familia y con aquellos amigos especiales que siempre habían estado junto a ella, incluso en las peores circunstancias.

El traslado no había sido bien recibido porque había elegido vivir en una población fronteriza con zonas ocupadas por grupos armados ilegales en un país convulsionado por la violencia. Cassandra trató de tranquilizarlos con el argumento de que el peligro solo tocaba a aquellos que se enfrentaban con otros, que se meten en la pelea, pero que ella lo único que quería era abrir una librería, escribir novelas y tener una huerta en su casa. Hasta ahora, seis años después, solo había abierto la librería, pero tenía la certeza de que conseguiría lo que se había propuesto porque a su lado vivía su mayor inspiración: Daniyel.

—Hoy dije una mentira —soltó de repente Dani.

—¿De verdad? —comentó Cassandra. Deteniéndose con calma, tomó de la mano a su hijo y cruzaron la calle para sentarse en la banca de un parque—. Cuéntame.

—Jared olvidó la partitura y cuando la profesora preguntó yo dije que tampoco la había llevado, aunque sí la tenía en el maletín —y mientras contaba su historia, fruncía el ceño con la seriedad de saber que probablemente su madre no estaría de acuerdo, pero él estaba dispuesto a explicar sus razones.

—¿Por qué lo hiciste? —preguntó Cassandra, que trataba de disimular la emoción que le despertaba ver a su hijo moviendo las manos como un orador dispuesto a convencer a su auditorio.

—Es que vi a Jared muy preocupado buscando las partituras y a punto de llorar. Además, hubo un momento en que me miró como pidiéndome ayuda y sentí que debía hacer algo —Dani contaba su historia imitando los movimientos de Jared y al final se puso las manos en la cintura para darle mayor énfasis a la última frase.

—¿Quién es Jared? —preguntó Cassandra, apartándose de la contemplación de ese hijo que no hacía sino llenarla de orgullo.

—Mi amigo. Tocamos violín ambos y lo hacemos bien —dijo con resolución Daniyel, sin tener que explicar que la amistad a esa edad nace y se fortalece en un tronar de dedos.

—¿Qué piensas que debo hacer? —esa pregunta que siempre hacía Cassandra metía en aprietos a Daniyel porque implicaba que debía tomar una decisión.

—Hablar con la profesora, decirle la verdad, pero... como ella es tan regañona, los niños prefieren mentir. Ella los asusta.

Cassandra sonrió y sintió que una vez más aprendía de su hijo.

—Tienes razón, el miedo hace que la gente haga cosas raras. Déjame y yo hablo con la maestra y le explico lo ocurrido. También me gustaría conocerla un poco más. En cuanto a lo que hiciste, pienso que tuviste compasión de tu amigo Jared y eso es muy bonito. Muy pocas personas son compasivas. Eso me hace sentir muy orgullosa de ti. Las mentiras a veces se usan para ayudar, esa de hoy fue para salvar a tu amigo. Aunque siempre es mejor evitarlas, a veces pueden usarse... ¿Tú me tienes miedo?

—Nunca, excepto cuando te levantas y no te has peinado. Ahí, sí me asusto —dijo el niño sonriendo.

—Muy bonito, ahora sí te voy a castigar. Mira lo que hay allá...

Los dos se dirigieron hacia el carrito del vendedor de helados. Mientras Cassandra buscaba en su bolsa el dinero para pagar, Dani salió corriendo y le pidió al vendedor que abriera la tapa de la nevera para ver todos los helados. La sensación del frío que salía de allí le encantaba. En este pueblo hacía calor, no mucho, pero Danny a veces extrañaba el frío de su ciudad natal. Cuando el paletero levantó la tapa, metió todo el brazo para sacar su paleta favorita, la de limón, y esperó unos segundos para sentir el frío.

—Vamos, niño, saca el brazo que se me derriten las paletas —dijo el vendedor, divertido—. No te había visto antes, ¿eres de acá?

—No —respondió Danny mientras le sacaba la funda a su paleta.

—¿De dónde eres? —insistió el vendedor.

—De Paraíso, pero hoy vivo allá —señaló Dani hacia la librería de la mamá.

—¿Qué te están preguntando? —dijo Cassandra, que llegaba al lugar con el dinero en la mano, pues alcanzó a escuchar la última parte.

—Él quiere saber de qué ciudad venimos —respondió Dani señalando al vendedor que bajó la gorra hasta que la visera le cubrió el rostro y, sin levantar la cabeza, extendió la mano para recibir el dinero.

La expresión de Cassandra cambió de repente.

—Espero que disfrute la paleta —dijo el vendedor y continúo con su carrito haciendo sonar la campana para que atraer a los clientes.

Cassandra tomó a su hijo de la mano y se alejaron. Se había acostumbrado a esos encuentros con extraños. Desde el día en que se mudaron supo que tendría que estar alerta. Al principio fue difícil que la aceptaran por no ser de la región y no conocer su pasado. Con la intervención de Georgina, la enfermera, había logrado que se le abrieran poco a poco las puertas. Ella la presentó como una profesora que había conocido en uno de los tantos talleres a los que asistía. Así, con lentitud, la gente dejó de verla con recelo y se alegró cuando abrió la librería, donde además vendía útiles escolares.

Conformó también su propio club de amigas cercanas: la profesora Alicia, la enfermera Georgina y ella. A las tres las unían dos coincidencias: tenían hijos, no maridos. Si le preguntaban a Georgina, sin timideces decía a quien quisiera oírla que era lo mejor que le había pasado, porque recuperó así su libertad y el amor por sí misma, lo cual se evidenciaba en el esfuerzo consciente por mantenerse en forma y lucir sus encantos con coquetería. Todos sabían que su compañero la abandonó por una adolescente a la que había embarazado. De eso ya habían transcurrido cinco años y para Georgina era historia antigua.

No ocurría lo mismo con Alicia, que siempre hablaba de su esposo como su alma gemela, su complemento, y no podía olvidarlo. Cada mañana al abrir los ojos se sentaba unos segundos en la cama y le dedicaba su primera oración del día. A su querido Tito, que había encontrado trabajo en la petrolera como conductor, lo asignaron a una región que se disputaban varias bandas de narcotraficantes. Tenía claro que no debía tomar partido y que si alguna vez lo detenían, debía entregar las llaves, no ofrecer resistencia y explicar que solo era un trabajador, nada más. Las investigaciones nunca arrojaron ninguna luz sobre lo que pasó aquella noche en que asesinaron a Tito y a otros compañeros, sin misericordia. Alicia debió conformarse con la explicación que le dio un sargento: «Se murió por estar en el lugar equivocado». Tardó años en guardar los recuerdos de su esposo y dejar el riguroso luto. Ahora con la dedicación a su oficio, las ocurrencias de sus estudiantes y su nuevo par de amigas, navegaba en aguas más serenas.

De Cassandra sabían que se había divorciado por convencimiento y que estaba en plan de rehacer su vida.

El encuentro con el paletero dejó preocupada a Cassandra; así que, en lugar de dirigirse a su casa, se encaminó al consultorio de Georgina. En un pueblo tan pequeño, cualquiera que tuviera algún conocimiento sobre ciencias de la salud era considerado médico y eso ocurría con Georgina. Ella atendía casos menores, pero se cuidaba mucho de los problemas de salud complejos, que siempre remitía al hospital de Jardín, un pueblo más grande, ubicado a una hora en auto. Al llegar la encontró atendiendo a un paciente y tuvieron que esperar. Georgina hacía respetar el tiempo que dedicaba a sus enfermos, siempre decía que el ritmo de su consulta lo ponía el doliente y que ella bailaba gustosa con esa cadencia.

Cassandra le pidió a Daniyel que se quedara en la antesala mientras conversaba con su amiga:

—¿Has visto el vendedor de paletas del parque? —le preguntó sin saludar.

—Sí, Alicia ya me ha hablado de él. Pregunta mucho y en especial a los jóvenes.

—Le preguntó a Daniyel de qué ciudad venimos —le dijo, cada vez más preocupada.

—¿Tú que le dijiste? —respondió Georgina abriendo los ojos.

—Nada. Solo le pagué y me marché.

Las dos mujeres guardaron silencio. Aquello podría ser una señal de problemas o simplemente un vendedor entrometido. La última vez que alguien había comenzado a hacer preguntas terminó «suicidado» en el río y luego dijeron de él muchas cosas: que era informante de uno de los grupos que disputaba el territorio, que era un terrible asesino buscado por las autoridades al que le habían ajustado las cuentas, que buscaban niños para reclutarlos. Hubo más versiones, cada una más descabellada que la anterior, pero había una coincidencia: nadie creía que se había suicidado.

Recordar el episodio no les ayudó. Se estremecieron de solo pensar que la presencia de aquel hombre anticipara que cosas tenebrosas ocurrirían en ese poblado, siempre vecino a la violencia, pero considerado por todos los grupos como una zona neutral. Para no armar una tormenta que pudiera costarle la vida al paletero, decidieron compartir su preocupación con Alicia y prometerse que estarían atentas y observando al misterioso personaje, sin decirle a nadie nada más.

—¿Ya nos vamos? —preguntó Dani entrando sin golpear al consultorio.

—Claro que sí, tesoro, ya nos vamos.

Madre e hijo se encaminaron hacia la librería, que también era su vivienda. La librería ocupaba la parte frontal y ellos vivían en el segundo piso. Allí estaba Joselina, una adolescente que trabajaba medio tiempo y que Cassandra solo había aceptado porque sabía que la familia requería el dinero.

—Dani —ordenó Cassandra—, sube a la habitación, guarda el violín, cámbiate y te espero en el comedor. No te demores, que yo también tengo hambre. Y, por favor, no enciendas el televisor.

—Sí, mamá —contestó Daniyel con voz aburrida.

Cassandra se encaminó hacia la cocina, cuando una voz conocida, que ahora tenía un efecto subyugador en ella, la hizo detenerse y sonreír.

—A mí nadie me saluda. Por lo visto, hoy estoy invisible.

De una esquina de la librería se asomó riendo Aníbal y, con paso seguro, tranquilo y confiado se acercó a Cassandra mirándola con picardía.

—No te vi, ¿llegaste hace rato? —preguntó Cassandra mientras se devolvía sobre sus pasos y con cierta timidez se acercaba a su querido amigo, novio o amante... No sabía muy bien en qué categoría ponerlo.

Capítulo 23

A Aníbal lo conoció en una feria del pueblo. Llegó con un grupo de jinetes muy apuestos y en ese corrillo parecía el patito feo, no muy alto, más bien grueso, con canas y una cabellera desordenada que amenazaba con desaparecer en pocos años. Cassandra se fijó en él para alejarse de Juan, que tenía fama de haber enamorado a todas las del pueblo sin mover un dedo. Ella no quería conocer hombres así, tenía experiencia con ellos. Así que, para espantar al guapo de Juan, decidió coquetearle abierta y descaradamente a Aníbal sin pensar demasiado.

—Estaba aquí mirando los últimos libros que compraste. No sé cuál debería leer primero. Tendría que buscar una buena librera que me orientara, ¿conoces a alguna? —le dijo Aníbal mientras le señalaba una pila de cinco libros listos para ser vendidos.

—No, a ninguna que tenga experiencia, pero quizá yo pueda ayudarte —le respondió Cassandra, cada vez más sonriente.

Se dieron un beso con disimulo y ambos miraron hacia la escalera, esperando que Daniyel no estuviera cerca. A Cassandra le costaba ser clara en ese tema con su hijo. No sabía cómo lo tomaría y temía que se molestara. Ya había sido suficiente convencerlo de cambiar una gran ciudad por un pueblo y de alejarse de su padre, tíos y abuelos, para ahora sumarle una nueva persona a su vida.

Después de aquella feria, Aníbal se dejó atrapar por la citadina coqueta. Cuando se enteró de que era la propietaria de la librería, quiso saber si aquella mujer bajita, de buenas carnes, sonrisa expresiva y cabello ensortijado, podría ser esa buena conversadora con quien sentarse a mirar el atardecer y dejarse llevar por los laberintos de las palabras que trasladan de un lado a otro el barco de los pareceres sin atracar en ningún puerto.

Aníbal era muy tímido para los códigos masculinos de la región, que establecían que un hombre, casado o soltero, joven o viejo, y acomodado, debía ser confiado, fuerte y seductor. Él prefería dejarle ese rol a sus amigos, que se jactaban de ser «hombre de verdad». Un par de veces intentó seguirles el paso, pero lo suyo no era romper corazones de mujeres ingenuas. Tampoco se sentía a gusto con una mujer con la que no pudiera conversar. Gracias a ese modo de ser no se había casado ni tenía hijos.

—A este paso te vas a quedar solo —solían decirle para mortificarlo. Él no cedía. Creía que sí había un amor para él que lo haría feliz, y así ocurrió cuando conoció a la vendedora de libros.

A pesar de sentirse intimidado, tomó la decisión de conocer un poco más a la citadina, de seguirle el juego. Al otro día fue a su negocio a comprar libros. Al ingresar se dio cuenta de que Cassandra se enrojecía, que quería que se la tragara la tierra. Después le confesaría que nunca había coqueteado tan abiertamente, que suponía que sería algo pasajero y no lo volvería a ver.

Aníbal le preguntó por algunos títulos y para su sorpresa no solo encontró que tenía varios y le habló con propiedad de ellos, sino que también le dijo con honestidad los que no tenía o conocía, pero le ofreció conseguírselos. Le hizo además varias recomendaciones. Aníbal salió de la librería con ocho libros y la promesa de que cuando los terminara volvería por más; también con la certeza de que no iba a aguantar las ganas de volver antes.

Para sorpresa de Cassandra, una semana después volvió. Aníbal le contó que ya había terminado el primer libro y que le gustaría que se tomaran un refresco para hablar de él. Cassandra le dijo que no podía en ese instante porque tenía que recoger a su hijo, haciendo énfasis en la existencia del niño. Aníbal no se amilanó, por el contrario, se ofreció a acompañarla.

—No es necesario —respondió ella. Si le parece bien, podemos hablar a eso de las siete, cuando hayamos terminado de hacer las tareas.

—Perfecto —dijo Aníbal—. A las siete los recojo.

—¿A quiénes? —preguntó Cassandra sorprendida.

—A ti y a tu hijo. No pretenderás dejarlo solo en la casa —ella le confesaría después que ese fue el gesto que la hizo bajar la guardia.

Aquella noche, Aníbal llegó en su campero y los llevó a que conocieran su casa.

—Hola, Dani, ¿te gustan los perros? Hoy te voy a presentar a mi familia canina —le dijo al niño cuando lo conoció.

Dani se emocionó y subió al carro sin dudarlo, mientras Cassandra tomaba aire para no salir corriendo. La casa de Aníbal estaba localizada a la entrada del poblado, rodeada de una cerca viva de plantas verdes y tupidas. Tan pronto hicieron su ingreso, nueve perros de diferentes tamaños llegaron a su encuentro y comenzaron a ladrarle a los forasteros.

—Espérenme aquí —Aníbal se bajó del carro, silbó a los perros y les ordenó sentarse. Los perros obedecieron. Entonces les hizo señas para que se bajaran.

—Lo importante es que no sientan miedo, así ellos los aceptarán —les recomendó.

—No les tememos, siempre hemos tenido mascotas, solo que ahora es un poco complicado —explicó Cassandra.

Dani, por su parte, tan pronto se bajó corrió hasta donde estaban los animales y les acercó la mano para que lo olieran.

—Ya saben que soy su amigo —le dijo a Aníbal con tono de experto.

—¿Quieres darles de comer?

Daniel sonrió emocionado y siguió a Aníbal hasta la bodega donde tenía el concentrado. Este le entregó un vaso de plástico anaranjado y le explicó la cantidad que debía servir a cada uno según su tamaño en platos que tenían marcados. El niño siguió con cuidado sus indicaciones.

Cassandra permaneció en la puerta observando la servida de la comida, mientras los perros se refregaban contra sus piernas.

—Siempre he tenido ese efecto con los perros —contó Cassandra con ingenuidad—. No me los puedo quitar de encima.

—No creo que sea solo con los perros —dijo Aníbal sin pensar, se puso colorado y se apresuró a ayudar a Dani a servirles la comida a las mascotas.

Cassandra no dejó pasar por alto el comentario; aunque en esta oportunidad le pareció prematuro, quería tomarse su tiempo. Por varios años, incluso durante los primeros años de vida de Daniyel, había sucumbido al lado oscuro del amor, ese que no es correspondido, que se alimenta de la rumba, se esconde en lugares prohibidos y se satisface con el sexo fácil y sin reclamos. Cassandra, a pesar haber transitado esas rutas, no tenía espíritu para soportar tanto desprendimiento. Quería sentirse amada y reconocida, y fue quizás ese deseo íntimo el que la mantuvo firme para no dejarse ganar la partida por las drogas o la bebida.

Todo eso estaba en el pasado. Cuando tomó la decisión de salir de la ciudad y venirse para ese pueblo, también se juró a sí misma que no volvería a entregar su corazón con tanta facilidad, a menos que el otro valiera la pena y tuviera el nivel para ser un compañero de vida. Y eso solo lo sabría dándole la oportunidad a Aníbal de mostrar su esencia verdadera. Así que se iba a tomar el tiempo que fuera necesario para conocer a aquel hombre que tanto le atraía.

—En un año mi mamá y yo vamos a tener un perro, ¿cierto que sí? —dijo Dani rascando el lomo de Simón, un *golden* viejo y lento cuyos ojos se entrecerraban por la felicidad que le producía aquel masaje.

—Ya veremos —respondió Cassandra—. Todo depende de si encontramos al indicado.

—Mientras tanto puedes venir a cuidar los míos. A veces necesitan de alguien que venga a conversarles —terció Aníbal, seguro de que aquel ofrecimiento sería la escalera para llegar al corazón de la librera, como llamaría a Cassandra de ahora en adelante.

Los tres ingresaron a la casa y las mascotas se echaron en la entrada. Madre e hijo se quedaron mudos al ver las dimensiones de aquel salón en el que bien podría caber entera la casa que ellos habitaban, incluida la librería. Más que una sala y un comedor, parecía un museo en el que en cada rincón había un retazo de la historia familiar. Ninguno de los dos se atrevía a moverse por temor a romper alguno de los objetos.

—Igual a la de la abuela —dijo de pronto Dani señalando una máquina de coser antigua marca Singer. Lucía en perfectas condiciones, pues había sido pulida y restaurada.

—Tiene cien años y pertenecía a mi bisabuela —explicó Aníbal y les hizo un gesto a los dos para que se acercaran—. ¿Notan que en esta parte hay varias manchas negras? —preguntó señalando un lugar en la madera—. Dicen que son las huellas de los cigarros que fumó. Cuentan que en aquella época su hija Ana hacía rollos de tabaco que vendía en el pueblo y uno de esos siempre iba a parar a los labios de la abuela, sin que le importara el escándalo eque provocaba. Nunca se enfermó y murió mientras dormía a punto de cumplir los noventa años. Vivía en un lugar llamado Sasbequiana, rodeado de flores de mil colores. Era muy alegre y hasta sus últimos días fue la maledicencia de las mujeres de la región, a quienes no solo ofendía su tabaco encendido en sus labios rojos, también sus vestidos coloridos y generosos de escote, que prefería a los faldones negros y las blusas blancas.

Cassandra y Daniyel oían con curiosidad la historia y una sonrisa cómplice con la bisabuela ausente se iba dibujando en sus rostros.

—Estas paredes están llenas de pequeñas historias de la familia. Cuando mis padres fallecieron, a mí me pareció importante recordar de dónde vengo, así que me puse en la tarea de recolectar todas las fotos, enseres, vestuario... lo que fuera que me permitiera reconstruir mi historia. Lo que conseguí lo fui ubicando en este espacio que se convirtió en un pequeño museo familiar.

—¿Qué te parece? —preguntó Aníbal a Daniyel.

—A mí también me gusta saber quién soy —dijo este—. No imagino cómo sería el mundo si yo no supiera quién es mi mamá o mi papá.

Se dio la vuelta y curioseó en una casa de muñecas antigua que había sobre una mesa.

—Es muy curioso que tu bisabuela haya vivido en Sasbequiana. Yo la vi en un sueño y sé que la voy a volver a ver —agregó Daniyel.

Esa frase dejó a los dos adultos sorprendidos. Aníbal quiso preguntarle algo al respecto, pero Cassandra se llevó el dedo índice a los labios y él cambió de idea.

—¿Tienen hambre? —preguntó entonces Aníbal y los invitó a la cocina que, según les dijo, era el centro de operaciones de la casa.

Si el salón principal los había intimidado, la cocina resultó tener un espacio cálido y acogedor. La escenografía incluía ollas y cucharones colgando de las paredes, una mesa redonda con cinco sillas, un mantel gastado de cuadros rojos y verdes y un mueble antiguo, de no más de un metro de alto, sobre el que había una bandeja redonda con mandarinas y mangos verdes. No repararon en los equipos modernos de la cocina que contrastaban con aquel pintoresco rincón.

—Puedes tomar toda la fruta que seas capaz de comer —invitó Aníbal a Daniyel mientras abría la nevera y sacaba una jarra llena de un coctel de frutas que sirvió con generosidad a sus invitados.

Danny terminó el coctel y preguntó si podía ir a jugar con los perros. Antes de que Cassandra se negara, Aníbal ya había abierto la puerta entregándole una pelota roja que de inmediato puso en movimiento a la manada.

—Muchas gracias por todo lo que has hecho —dijo Cassandra.

Aníbal sonrió y con un gesto le pidió que lo acompañara. Subieron las escaleras y Cassandra se encontró frente a una biblioteca cuyos estantes no tenían ni un pequeño espacio para albergar más libros. En el centro había un antiguo escritorio con una silla moderna y a un lado un sofá con una manta, una almohada y una lámpara.

—Este es mi sitio favorito —se apresuró a explicar Aníbal, mientras recogía la manta y el libro abierto que había sobre el sofá.

Cassandra recorrió con lentitud cada repisa leyendo los títulos al azar. Sonreía cuando reconocía a los autores o fruncía el ceño ante los desconocidos.

—Quiero que te sientes aquí porque voy a presentarte mi biblioteca —Aníbal se dirigió a uno de los anaqueles.

Fue sacando sus libros favoritos, empezando por *Cien años de soledad*, el más querido. Otro era de un autor de historias de misterio que le recomendó una antigua novia lectora y que le gustó más que la misma novia. Después le señaló un estante en los que aparecían libros escritos por mujeres.

Cassandra sintió que había encontrado un alma gemela, por lo menos en cuanto a literatura se refería. Siempre lamentó que los hombres que habían pasado por su vida fueran tan poco amigos de la lectura y que les incomodara cuando les hablaba de los libros que leía, que prefirieran que estuviera callada escuchando las aventuras de sus grandes egos.

Con evidente entusiasmo por sentirse navegar en aguas compartidas, se enfrascaron en una larga charla en la que intercambiaron los nombres de los autores y los libros leídos y entreverados en sus vidas y sus recuerdos. En un momento dado, Cassandra se acercó a una repisa y vio sorprendida una cantidad de libros de autoayuda. Entonces volteó a mirar a Aníbal con cara de interrogación y a punto de soltar una enorme carcajada.

—Todo tiene una explicación —dijo Aníbal divertido—. Tuve una novia entusiasta de la Nueva Era. Leía mucho, pero nada de lo que yo le sugería. Tenía tal desorden que un día le dije que podía organizar sus libros allí. Ella aceptó con gusto y cuando terminó de organizarlos, me miró y me dijo: «Creo que tengo un problema». Luego me abrazó y se fue. Ella siguió con sus terapias, pero nunca volvió a recoger sus libros. Yo decidí dejarlos así para que nunca se me olvide que, a la vida, el drama se lo pone uno.

—Vaya historia... Sí que has tenidos novias, ¿no?

—Mamá, ¿nos vamos ya? Tengo hambre —interrumpió Dani y de un tajo cortó la respuesta de Aníbal.

—Claro, hijo, ya nos vamos —respondió apresurada Cassandra, avergonzada tanto por la pregunta de su hijo como por la suya.

—No, no pueden irse así. ¡Qué tonto he sido, déjenme y les preparo algo antes de que se marchen!

—Prefiero que nos vayamos todos a comer una pizza —dijo Cassandra.

—¡Yupiiiii! ¡Pizza! Vamos... —aceptó Dani.

Aníbal sonrió y siguió a sus visitantes hasta el campero. Daniyel se subió, se hizo al lado de su madre y casi en seguida se quedó dormido.

—Dani tiene dos cosas: se duerme cuando se enciende cualquier vehículo y se despierta con el olor de la comida —explicó su madre.

El carro arrancó y sus ocupantes adultos iban callados. El silencio no era de los incómodos, quizás por eso llevaban dibujado en el rostro una sonrisa y un brillo peculiar les alegraba los ojos. Por dentro, el corazón les palpitaba, las manos les sudaban y sentían un no sé qué, ese que produce el deseo.

Capítulo 24

—Aníbal tiene seis perros, ¡¿pueden creerlo?! Hay tres grandes, de color café, negro y dorado, son *golden retriever* como el que teníamos en casa. Los otros tres son pequeños y ruidosos, un *schnauzer* viejo y dos criollos... creo que son perras —los niños rodeaban a Daniyel para escuchar el apasionado relato del adorador de mascotas, que iba describiendo sus personalidades, adjudicándoles conocimientos y habilidades que daba por hechos ciertos—. Si yo me movía de cualquier manera, ellos me imitaban, y si les lanzaba la pelota, la traían, pero se aseguraban de entregármela en la mano —una exhalación de aprobación general se escuchó en el salón.

—¿Y cómo se llaman? —preguntó Jared, muy interesado en el tema, aunque sabía que, por orden de su mamá, en su casa nunca habría un animal.

—No sé, no pregunté. No importó, porque Aníbal me dio una pelota y de inmediato todos quisieron jugar conmigo. Esa pelota roja, sucia y fea les encanta. Cuando la arrojaba, los pequeños peleaban por cogerla, pero venía uno muy grande llamado Simón, el único que tiene collar con su nombre, se les atravesaba y todos quedaban quietos. Es el que manda.

—¿Y quién es Aníbal? ¿Tu papá? —preguntó Juan, animado por la narración.

—No es nadie. Dani no tiene papá —terció desde el rincón del salón la solitaria Sara, mientras acomodaba su mochila en la silla escolar.

Dani enmudeció y malhumorado también se sentó en su silla. Los demás lo imitaron. Solo Jared se le acercó.

—No le hagas caso, esa Sara es una boba. Yo tampoco tengo papá —le dijo en voz baja.

—Yo sí tengo, lo que pasa es que no vive con nosotros —le respondió Dani y se levantó con intención de irse, pero se tropezó con el maestro de español, así que no tuvo más remedio que volver a su lugar.

Pese a encontrarse en su clase favorita, Dani no logró concentrarse porque en su cabeza daban vueltas las palabras de Sara y volvió a sentir el dolor de estómago y el temblor en las piernas, como el del día en que su madre y él decidieron dejar a su padre.

Fue un 22 de enero —no lo olvidaba porque ese día cumplía años la abuela— cuando su mamá entró con una maleta a su habitación, abrió los cajones y empezó a guardar toda su ropa. Antes de salir del cuarto se acercó y, tratando de alisar su cabello rizado, le dijo que se iban de viaje. Su mamá lloraba.

Daniyel conocía esa rutina. Su mamá peleaba con su papá, empacaba, luego se arrepentía y en la noche volvía a dejar la ropa en su lugar. Esto le producía dolor de estómago y pesadillas y terminaba recluido entre miedos y culpas porque él también quería vivir sin su papá. No se atrevía a decírselo a su madre porque se sentía mal. En el mundo que lo rodeaba un hijo no podía desear eso, pero él quería que su madre dejara de llorar. Siempre que estaban los tres juntos, había algo en el ambiente que a Dani no le permitía respirar.

Sus padres no se hablaban. Su madre siempre estaba haciendo algo: recogiendo ropa, arreglando un cajón, cocinando. Estar ocupada le permitía no pensar en su triste situación. Su padre se pasaba largas horas encerrado en el estudio, fumando en el jardín que había en la entrada del edificio o sentado frente al televisor encendido. Cuando se sentaban en la mesa, el malestar era palpable. Dani sentía que se preparaba una tormenta eléctrica, que todo se iba oscureciendo y cada sonido, desde el roce de un plato con la mesa, el líquido sirviéndose en un vaso, un cubierto cayendo al piso, lo hacía pensar que pronto tronarían los cielos. Y lo sabía: de repente, un relámpago marcaba el inicio. Podía ser una pregunta irónica, una respuesta cortante, las recriminaciones, las ofensas, el grito aterrador de su padre, la huida de la mesa de su madre... El torbellino desencadenado.

Dani terminaba en su cuarto con la orden de no salir hasta que lo llamaran. Temía por su madre y permanecía con la oreja pegada a la puerta dispuesto a salir si ella lo exigía. No oía mucho porque su padre subía el volumen del televisor: portazos, carreras, muebles que caían y luego silencio. Eso lo afligía más, imaginaba a su madre llorando y a su padre con fuego en los ojos. Transcurrían las horas y a Dani lo vencía el cansancio, se acurrucaba junto a la puerta y se quedaba dormido.

En sus sueños siempre veía a un hombre con gafas gruesas y un traje muy formal que se le acercaba y le ofrecía cargarlo. Dani se iba con él por un angosto camino hasta llegar a un parque con muchas flores. El hombre se detenía y elegía una banca de listones para sentarse. Se acomodaban muy pegados uno del otro. Dani nunca quería irse de allí, le atraía aquel extraño. Miraban las flores y al sol cuando se ponía en el horizonte, hasta que aparecía la niebla y el hombre le decía mientras que le revolvía el cabello: «Esto pasará». Y ahí siempre se despertaba.

Sin embargo, aquel 22 de enero todo fue diferente. Su madre abrió la puerta de la habitación y había algo en su forma de moverse y en la expresión de su rostro. Lucía más valiente. Dani obedeció cuando ella le ordenó levantarse de la cama; amorosa como siempre, le dijo que había que salir muy rápido de casa.

Lo vistió con una ropa muy liviana y una chaqueta gruesa para enfrentar el frío de la mañana. Tomaron un desayuno rápido y su madre bromeó con lo mucho que se iban a divertir en el lugar adonde llegarían.

—¿Y Kaela también va a ir? —preguntó Dani de repente. La madre le respondió negando con la cabeza.

—Pero puedes ir a despedirte de ella —le dijo antes de que el niño protestara, notando que sus ojitos llamaban con premura al llanto de la separación.

Era una tradición que los sábados Dani subiera al apartamento de su amiga. Allí permanecía jugando hasta que Cassandra llegaba a buscarlo, por lo general antes del almuerzo. Pero ese día no era sábado, así que la rutina se estaba alterando. El niño intuyó que sería su última visita a Kaela, así que tomó su rompecabezas de colores y se dirigió a la salida.

—Ve, yo te buscaré más tarde. No te preocupes, habla con Kaela —lo animó Cassandra, pensando que necesitaba estar sola para terminar de organizar lo que llevaría. Sentía que el tiempo pasaba muy rápido.

Dani subió los escalones de dos en dos y timbró en la puerta de Kaela varias veces. La madre de esta abrió la puerta con la mano en la cintura.

—Anda, niño, sí eres ruidoso, me vas a fundir el timbre. Hoy no es sábado.

Dani no la escuchó, entró casi sin saludarla y se fue directo a buscar a su amiga. La fingida furia de la madre de Kaela ya no tenía credibilidad para los niños, que sabían que más tarde les llevaría las meriendas.

—No hagan ruido, no salten, no griten, que no vivimos solos en el edificio —dijo la madre antes de refugiarse en su propia habitación.

El cuarto de Kaela era el más hermoso que había visto Dani en su vida. El caos imperaba en todos los rincones. En una pared había mapas de diferentes tamaños, por países, por continentes, por accidentes geográficos, por trazados de ríos, y en el piso un mapamundi que ella había llenado con corazones y pegatinas de los sitios a los que iba a viajar muy pronto.

La cama tenía un mueble en la cabecera de color rosado que Kaela odiaba, donde su mamá había ubicado sus juguetes favoritos, carros, camiones de carga, grúas, y en una esquina una bolsa llena de herramientas de mecánica, la mayoría regaladas por su amigo Dani, que conocía bien sus gustos. Como el mueble se hallaba contra la pared, había un gran espacio en el cuarto que era el campo de juego de los niños.

—Mira—le dijo Danny mostrándole el rompecabezas.

Kaela lo contempló con los ojos abiertos y una sonrisa enorme. Era el tipo de juegos que le encantaban.

—¿Ya lo armaste? —preguntó.

—No, ¡cómo crees! Mi papá me lo entregó ayer.

Ambos niños se sentaron en el suelo convencidos de que en poco tiempo tendrían el asunto resuelto. Discutían, se daban órdenes para girar en uno u otro sentido, se enojaban, se reían y volvían a comenzar sin adelantar demasiado. Pronto la paciencia infantil llegó a su límite y Kaela propuso que lo intentaran de nuevo otro día.

—Vas a tener que hacerlo tú sola —le indicó Daniyel.

—¿Por qué? ¿Te rindes del todo? —le pregunto Kaela.

—Es que hoy me voy con mi mamá —le dijo Daniyel mirándola fijamente.

—¿Otra vez? Ya sabes que ahora más tarde vuelve y desempaca las cosas y... —el entusiasmo de Kaela se detuvo al contemplar los ojos tristes de su compañero de juegos.

—No, esta vez es diferente. No está triste ni nada, está diferente. No sé. Yo creo que sí es verdad —Daniyel se refregó los ojos para evitar que las lágrimas se salieran.

—¿Eso quiere decir que no te volveré a ver? —preguntó Kaela y la voz se le quebró.

—Creo que no, no sé...

Los dos niños se sentaron en la cama muy juntos. Sin proponérselo, no se miraron a los ojos. Prefirieron sentir la cercanía de sus piernas y sus hombros.

—¿Y adónde vas a estar? Yo le puedo decir a mi mamá que me lleve —dijo de repente la niña recuperando la esperanza.

—Creo que es lejos porque mi mamá me puso la ropa que uso cuando salimos de vacaciones —la voz de Daniyel era un susurro.

—Entonces te vas lejos —dijo Kaela poniéndose de pie y mirándolo a los ojos le confesó—. Sabes que ya lo sabía.

—¿Y cómo? ¿Quién te lo dijo? ¿Tu mamá? ¿Las escuchaste hablar? —Dani se molestó de repente, pues imaginó que Cassandra debía llevar tiempo organizando el viaje y tal vez él era el único que no sabía.

—Anoche soñé otra vez con el hombre de gafas —dijo Kaela como cambiando de tema y la revelación no sorprendió a Daniyel, porque hacía algunos meses estaban jugando a contarse historias de miedo y él le compartió su sueño con aquel hombre.

Entonces Kaela pasmada empezó a preguntarle por detalles del sueño, que si había un árbol gigante y muchas flores, que si a veces aparecía una mujer. Y en respuesta a esas preguntas Daniyel solo movía la cabeza afirmativamente. «Yo también sueño con él», le dijo Kaela. No le dieron ninguna trascendencia a aquella mágica coincidencia, simplemente concluyeron que en las noches un cordón invisible los unía.

Kaela, mientras se acomodaba en la cama cruzando las piernas, comenzó a narrar su sueño:

—Fuimos al lugar de siempre, la banca junto al árbol grande. Me habló de mi enfermedad y me aseguró de nuevo que siempre estaría conmigo. Luego me tomó las manos y me dijo que me preparara porque tú por segunda vez te separarías de mí, pero que muy pronto nos volveríamos a encontrar.

—¿Por segunda vez? —preguntó Daniyel, tratando de evitar que Kaela hablara de su enfermedad. Desde que su mamá le había explicado que ella tenía un mal para el que no había cura, y que quizás algún día cercano dejaría de estar acompañándolos, él se había convencido de que, si no hablaban de aquello, el mal se esfumaría.

—Sí, dijo con claridad «otra vez» y no entendí por qué si nosotros nunca nos hemos separado. Esta vez creo que se equivocó... ¿Sabes el nombre del lugar adonde vas? —Kaela volvió a cambiar de tema repentinamente.

—No sé, mi mamá no me ha dicho nada —respondió Daniyel, notando que su amiga había comenzado a respirar con dificultad.

—Lo más seguro es que me podrás llamar cuando llegues. ¿Te sabes el número de acá? —Daniyel negó con la cabeza, así que Kaela se levantó y fue al baúl de sus secretos, sobre el que había pintado algunos trazos de colores.

Dentro había cintas de diversos tamaños, cordones con adornos hechos por ella misma, trozos de telas y de papel de diversas texturas. Tomó una de esas tarjetas y con un lápiz rojo escribió despacio el número de la línea telefónica que su mamá le había obligado a aprender. Entonces la madre de Kaela entró de manera abrupta al cuarto.

—Daniyel, llegó tu mamá, ya debes irte —dijo abrazándolo durante varios segundos, al tiempo que le murmuraba al oído que cuidara mucho de su madre.

—Despídete, mi amor —se aproximó a su hija y con delicadeza la empujó hacia el niño—. No sabemos cuándo volveremos a ver a Daniyel.

Los dos niños se miraron, se abrazaron y comenzaron a llorar. Las dos madres hicieron lo posible por no llorar también y con cariño procuraron hacerles entender que debían separarse. Eso solo fue posible con la promesa de ponerlos en contacto tan pronto llegaran al lugar donde Daniyel y su madre vivirían de ahora en adelante.

—Nos veremos en el parque, junto al árbol grande, con el hombre de gafas y la mujer de faldón de flores —le prometió Kaela, y Daniyel movió la cabeza con la certeza de que así ocurriría.

Cuarta parte

Capítulo 25

La voz de Dinora al otro lado de la línea no resultó tan emocionante para Cassandra como en otros tiempos. Coincidió con una extraña pesadilla que la despertó de súbito y con tal estremecimiento que sintió la necesidad apremiante de orar.

En su pesadilla, Cassandra vio un jardín habitado por niños que jugaban distraídos y sin reparar en su presencia. Percibía que no conseguía aproximarse a los pequeños porque seguían una ruta de la que no podían desviarse. Observaba que todo a su alrededor era apacible y colorido. De pronto una mujer emergió junto a ella, la abrazó con fuerza y le susurró: «La madre del elegido». Aquel abrazo era una inyección de genuino afecto y una protección frente a lo insospechado.

La mujer se esfumó y Cassandra continuó transitando por la ruta establecida hasta que creyó ver en la distancia a un niño muy parecido a Daniyel. Sin titubear un instante fue a su encuentro, pero avanzar se le hacía cada vez más tortuoso. En un momento dado, el niño giró y se quedó viéndola, se levantó y también comenzó a caminar hacia ella. Ambos se alegraron, pero Cassandra notó que a cada paso que daba el niño se iba transfigurando en una persona mayor, hasta el punto de que ya no lo reconocía. Cassandra se contempló las manos, pero ella seguía igual, no entendía cómo podía ser que su hijo luciera ahora mayor que ella. Agotada, prefirió esperar en una banca junto a un árbol gigante la llegada de aquel hombre que se le figuraba ya un extraño. Tan pronto estuvo frente a ella, se arrodilló y le tomó las manos con delicadeza: «Mamá, prepárate para despedirnos», le dijo.

Luego de contarle a la pitonisa Dinora la pesadilla, esta exhaló un suspiro que preocupó aún más a Cassandra.

—¿Crees que le va a pasar algo a Daniyel? —le dijo Cassandra, bajando la voz para que el niño no alcanzara a escuchar.

—No sé si exista alguna relación, pero quiero contarte que el papá de Daniyel estuvo en mi consulta. No tengo idea de cómo dio conmigo, fue en verdad una sorpresa —Dinora hizo una pausa—. La verdad noté que ha subido de peso y me dio la impresión de que ya no bebe tanto. Al parecer le ha ido bien en su nuevo matrimonio —tantas revelaciones juntas tomaron por sorpresa a Cassandra, que no supo qué decir—. En fin, no quise entrometerme en su vida, así que le leí las cartas, pero lo interesante vino después...

Dinora le explicó entonces con detalle a Cassandra lo que había ocurrido.

—Sucedió poco después de terminar la lectura con tu ex. No tenía más clientes, así que me levanté a tomarme un té tranquilizante. Ya sabes que las lecturas pueden agotar a cualquiera y más cuando se trata de personas con las que no sientes ninguna cercanía y eso me ocurre con tu ex —sonrió Dinora buscando la complicidad de Cassandra, quien se mantuvo distante presintiendo que aquello que le iba a compartir no la tranquilizaría.

—El hecho es que cuando volví al consultorio noté que la temperatura se había bajado, pese a que las ventanas permanecían cerradas y que la llama de las velas se movía como si existiera una corriente de aire circulando dentro de la habitación. Me escalofrié y me puse el sacón que siempre uso cuando hace frío, ¿te acuerdas, el que tú me regalaste? —Cassandra respondió con un lacónico «Sí», a punto de estallar de los nervios porque Dinora no avanzaba en su relato.

—Cuando me acerqué a la mesa vi que las cartas se hallaban en otra posición. Quiero decirte que por mi trabajo soy muy cuidadosa con las imágenes de las hadas y si hay algún movimiento, de inmediato me doy cuenta.

Dinora bebió algo que de seguro era su té con licor, que Cassandra sabía que siempre mezclaba.

—No había nadie. Te confieso que al comienzo me asusté, pero después entendí que era un mensaje. Cerré los ojos, respiré hondo y dejé mi mente en blanco. La única palabra que llegó a mi cabeza fue Daniyel.

Cassandra se aterrorizó. Desde hacía tiempo había aprendido que con lo inexplicable no se debía meter porque encontraría respuestas que no le iban a gustar.

—Abrí los ojos y por intuición comencé a ordenar la lectura como si tú estuvieras allí. La primera era el hada del Adiós —a Cassandra se le llenaron los ojos de lágrimas—. No es lo que te imaginas, es un anuncio de que nuevas cosas vienen para ti, que es necesario romper con lo viejo. Mi interpretación es que vas a conocer a alguien o estas con alguien con quien podrías tener un nuevo hogar, y no lo puedes lograr porque no olvidas el pasado. Es una invitación a alejarte de la tristeza y el hada te ayudará en la transformación. Mientras más rápido lo hagas, más pronto obtendrás la felicidad que el futuro tiene destinado para ti.

Cassandra sonrió y pensó en Aníbal. Como siempre le pasaba con Dinora, no se explicaba cómo podía ella conocer con tanta certeza sus ansias y temores.

—¿Hay alguien nuevo rondándote? No importa que no me quieras decir, lo sé. La siguiente carta que hallé sobre mi mesa no era de la misma baraja, sino de una que uso eventualmente para darme ánimos o encontrar salidas. Te la leo para que no haya equívocos: «Cuando llevas el sol por dentro, no importa si fuera llueve» —Dinora tomó otro sorbo de su té para darse fuerza—.

Este es un mensaje ambiguo que, si bien te dice que tienes un gran corazón en tu interior, con fortaleza y valentía, te está preparando para algo mucho más grande que quizás no comprendas. Puede tratarse de una despedida, de algo de dinero que no llega o de una pérdida —la última palabra la pronunció en voz baja con la intención de que Cassandra no la escuchara.

—¿Voy a perder a Daniyel? —preguntó Cassandra, aterrorizada y al mismo tiempo esperanzada en que la respuesta fuera negativa.

—La respuesta está en la tercera carta —explicó con certeza Dinora—. La que hallé más destacada fue la carta del Maestro Espiritual, que señala claramente que tu propósito en la vida es formar a otros en la sanación y la espiritualidad. En este caso, esta carta dice que Daniyel es un maestro.

—Pero esa es una buena noticia, no entiendo por qué te afanas —dijo Cassandra con orgullo desmedido de madre y dio un suspiro de alivio al escuchar esa buena ventura para el destino de su hijo.

—Sí, es verdad, desde la primera vez que lo vi te dije que él estaba destinado para llevar luz a la oscuridad, ¿lo recuerdas?, y eso no ha cambiado. A pesar de que tu hayas decidido no volver a contactarme, no he olvidado ese momento, porque es poco frecuente tener la posibilidad de conocer a alguien que está bendecido desde antes de nacer.

—No digas eso. Yo tuve que cortar con el pasado e iniciar una nueva vida —se disculpó Cassandra—. Nadie mejor que tú sabe todo lo que viví en mi matrimonio.

—Tienes razón —dijo por cortesía la vaticinadora, pero sin creer mucho en los argumentos de Cassandra—. Te diré algo más. Debes saber que un maestro espiritual puede actuar aquí en este plano que habitamos o en un plano inmaterial...

—No entiendo muy bien a qué te refieres —comentó Cassandra.

—Así como lo escuchas. Este maestro está destinado a ayudar a mucha gente a su alrededor aquí o a ser un paladín en el mundo espiritual. De ser lo segundo, tendría que abandonar el mundo terrenal cuando se le necesite en el mundo espiritual.

—No entiendo, ¿se me va a ir Daniyel? —y ahora sí, a Cassandra se le quebró la voz.

—No puedo responder con exactitud —dijo Dinora con la voz cargada de tristeza—. Solo sé que tu hijo es un adalid de la espiritualidad, que el sendero por el que camine estará colmado de beatitud y, me atrevo a asegurar, de inmortalidad espiritual, y que tendrá a su cuidado a otros niños sin historia.

—¿Pero no me ves ahí, junto a él, cierto? Estará sin mí en el mundo espiritual —preguntó Cassandra, comprendiendo por fin los temores de Dinora.

—Él vive para otros y allí siempre estarás tú, pero no presente —explicó con delicadeza Dinora, sabiendo el poder que tenían sus palabras.

—Te agradezco mucho que me hayas llamado. Sé que tienes buenas intenciones, pero no sé si debiste hacerlo. Prefiero vivir convencida de que estaremos juntos siempre y no con el temor de quedarme sola —dijo Cassandra, despidiéndola.

—Tienes razón, pero tenía que hacerlo. Ahora sí te prometo que no volveré a llamarte, pero déjame decirte una última cosa. ¿Recuerdas las palabras que te dijo aquel hombre en tu sueño? —y, sin esperar respuesta, colgó.

Capítulo 26

El bullicio a la salida de la escuela parecía estridente a los adultos y era la felicidad total para los estudiantes. Los padres de los más pequeños esperaban muy cerca a la puerta, mientras que los escolares mayores se dividían en dos grupos: los que se iban caminando porque vivían en el poblado y quienes usaban la bicicleta para dirigirse a sus hogares en las veredas cercanas.

Dani pertenecía al grupo de los que iban caminando hasta su casa. Tenía que atravesar el parque y ese día iba con Jared, quien esperaría en la librería a su mamá.

Los ciclistas se agrupaban de forma estratégica frente a la edificación para salir al mismo tiempo, una medida que habían adoptado desde que un camión había atropellado a varios estudiantes. Ahora esperaban y cuando se unían más de cincuenta salían pedaleando y se apoderaban de un carril de la vía, obligando a los conductores a bajar la velocidad. Se iban charlando, hablaban de tareas pendientes, del profe Alejo que siempre les daba consejos, de la falda de la maestra de trigonometría y del maestro de gimnasia que siempre quería influir en los demás para que no se perdieran los partidos de futbol.

La verdad es que los partidos eran memorables. El poblado era un semillero de jugadores muy talentosos y, además, ir a ver los partidos era la disculpa perfecta para liberarse de las prohibiciones familiares y experimentar el romance y la sexualidad incipiente. Actividades que invariablemente se transformaban en rumores que circulaban sin piedad en el mundo de los muchachos.

En esas andaban los ciclistas antes de arrancar, cuadrando el juego próximo y riéndose a carcajadas de los recién enamorados, cuando Alirio, que tenía un cuerpo atlético y una altura de casi un metro ochenta, les advirtió:

—Allí están.

Todos voltearon a mirar, subieron a sus bicicletas y de modo precavido dejaron a Alirio en el centro del pelotón.

—A la casa ya —les gritó otro maestro a quienes se alejaban caminando, entre ellos a Daniyel y Jared.

Aunque no comprendían bien lo que ocurría, obedecieron sin chistar. Al atravesar el parque, justo en la esquina de arriba permanecía el paletero del otro día. No atento a la venta ni a hacer sonar la campanilla del carrito, sino hablando con otros dos hombres que, a pesar del calor, usaban chaquetas gruesas y gorras con las que pretendían ocultar sus rostros.

El paletero parecía indicarles a los dos hombres los lugares importantes que rodeaban el parque, la iglesia, la alcaldía y la estación de policía. Los dos escolares se concentraron tanto en mirar que llamaron la atención de los tres hombres.

—Hola, amiguitos —dijo el paletero mostrándoles una sonrisa forzada—. ¿Vienen a comprarme? —los niños negaron con la cabeza.

—No importa que no tengan dinero, hoy yo invito —les dijo mientras abría el carro y les ofrecía un cono de chocolate que Jared no tuvo el valor de rechazar.

Dani permaneció inmóvil y con toda la intención de huir, cuando uno de los hombres se le aproximó.

—¿Cuántos años tienes? —le preguntó, poniéndole la mano en el hombro y asiéndolo con fuerza, como para evitar que escapara.

—Doce —dijo entre dientes Daniyel.

—¿Doce años? Pero si está usted muy alto. En unos meses seguro que será basquetbolista o quizás militar. ¿Y su papá qué hace? —Dani sintió que la mano del hombre lo apretaba más, pero se mantuvo en silencio.

—Déjelo en paz —dijo el paletero—. Solo son él y la mamá, que es la dueña de la librería. No hay problemas con ella, por ahora —el hombre se ajustó la gorra y soltó a Daniyel, pero continuó su interrogatorio—: ¿Conoce al muchacho alto que iba con los estudiantes en la cicla? —pero el otro hombre interrumpió sin esperar la respuesta del niño.

—Ese muchacho está perfecto, pero no quiere. Dice que prefiere estudiar, que tiene que cuidar a la mamá y que lo que le gusta es sembrar. Siento que tiene miedo y no tiene idea de lo que puede ganar. En el grupo no hay nadie de su estatura, sería de gran ayuda.

—¿Sí? Conque no quiere... ¿Le explicó que esto no es voluntario y que podría tener consecuencias? Yo sé cómo convencerlo. Mañana podríamos visitarlo en la casa —la charla fue interrumpida por el paletero que con un gesto de los ojos les recordó la presencia de los niños.

—¡Jared, nos vamos ya! —ordenó Daniyel—. Tenemos muchas tareas.

Y sin darle tiempo a revirar lo tomó del brazo y salieron corriendo sin mirar atrás. Intuía que algo no estaba bien. Ahora lo único que quería hacer era llegar a la librería y hablar con su mamá.

Daniyel, sin soltar a Jared, corrió hasta la cocina con la esperanza de encontrar a su mamá y refugiarse en sus brazos protectores, pero se decepcionó por no hallarla. Respiró hondo y al salir tropezó con Joselina, la vendedora, quien desde la puerta lo miraba sorprendida.

—Tu mamá ya viene, está con el señor Aníbal. ¿Tienes hambre? Ella dejó listo el almuerzo —le dijo pensando que Daniyel se sentía abandonado y que un buen plato de comida lo animaría.

—Yo solo quiero ver a mi mamá —dijo Daniyel con los ojos llenos de lágrimas—. No quiero nada más— y se sentó en la silla del comedor mirando el vacío. Aún tenía las manos temblorosas.

La vendedora se sorprendió con la respuesta porque él nunca contestaba así, siempre era cuidadoso con sus palabras. Imaginó entonces que se trataba de una rabieta. Así que decidió dejarlo solo para continuar con sus oficios en la librería; al fin y al cabo, a ella no le pagaban por lidiar con las pataletas del niño, al que en el fondo admiraba.

—¿Qué te pasa Dani? —le preguntó Jared, pues nunca lo había visto reaccionar de esa manera.

Daniyel no respondió y siguió mirando hacia un punto en la pared. Recordó al hombre de gafas que le había dicho que le contara todo a la mamá y lamentó que su amiga Kaela ya no estuviera para narrarle aquel siniestro encuentro. En lugar de contestarle a Jared, fue hasta el teléfono, marcó de memoria los números que le había enseñado Cassandra y esperó con impaciencia, pero la llamada la atendió la contestadora automática.

—Mamá, tienes que venir ya, es urgente. Por favor, ven —dijo Daniyel con impaciencia, confiado en que, si escuchaba su súplica, mágicamente ella aparecería al otro lado de la línea.

—¿Hablaste con ella? —le pregunto Jared.

—No, tiene apagado el celular —respondió Dani rascándose la cabeza. Entonces decidió servir dos vasos de jugo y le ofreció a su amigo.

—No te preocupes, Dani, yo me voy a quedar aquí contigo esperando a que llegue tu mamá —le dijo Jared—, pero explícame qué pasa.

—Son esos hombres, me dieron miedo, no son buenos. Mi mamá me explicó que a veces vienen personas que nos pueden hacer daño y me advirtió que si algún día sentía eso con alguien, tenía que alejarme.

A pesar de la explicación, Jared no podía comprender por qué sentía aquello si les habían regalado un helado, que con la carrera terminó en el piso.

El teléfono no sonó y Daniyel, aburrido de esperar, le dijo a Jared que se fueran al cuarto a estudiar. Como era el mayor y debía dar buen ejemplo, sacó los cuadernos y los puso sobre el escritorio, luego acercó una silla e invitó a su amigo para que lo imitara. Jared hizo un esfuerzo, porque prefería al llegar de la escuela dedicarse un rato a hacer alguna actividad que no le recordara sus responsabilidades escolares.

El esfuerzo de Daniyel por comportarse como el líder tampoco tuvo buenos resultados. Los ejercicios de matemáticas que respondía con tanta facilidad, ahora se le presentaban como verdaderos jeroglíficos imposibles de resolver. Sus pensamientos estaban con la conversación de aquellos hombres y la pregunta por Alirio.

Daniyel decidió que lo mejor era abandonar ese intento. Cerró el cuaderno y sacó de su baúl un robot que recién le había regalado Aníbal y que le encantaba porque podía mover todas sus partes y cada movimiento iba acompañado de música y luces de diversos colores. En un principio el juguete llamó la atención de Jared y Dani se dedicó a explicarle cómo se movía. Luego sacó otro robot menos sofisticado y comenzaron a jugar a las aventuras.

El juego continuó hasta que ambos se cansaron. Mientras Daniyel, sentado en la cama peleaba con sus ojos para que no se cerraran, Jared decidió sacar de su maleta un cuaderno para hacer el mismo dibujo que todas las noches lo ayudaba a conciliar el sueño. Hizo en el centro de la hoja tres rayas que representaban el espaldar de una banca y otras tres en perspectiva que completaban la silla. Con el color café hizo el tronco de un árbol grueso. Luego, con el verde la dibujó muchas hojas y con el rojo muchas flores. Finalmente, con el color negro delineó el último elemento, unas gruesas gafas negras que yacían en el piso.

Capítulo 27

Cassandra estaba sentada en la cama, al lado de su hijo dormido, invadida por la culpa de no haberse dado cuenta de que tenía el móvil apagado. No sabía si despertarlo o no. De improviso, Daniyel gritó:

—Mamá, por favor, no.

—Es un sueño, un mal sueño y nada más —Cassandra lo consoló.

Adormilado aún, Dani miró a su alrededor.

—Mamá, ¿dónde estabas? ¿Qué pasó con Jared? —le preguntó enojado.

—Su mamá ya se lo llevó para su casa. Es muy tarde y mañana tienes que madrugar. Ponte el piyama para que puedas descansar mejor —le respondió Cassandra y comenzó a ayudarle.

Cassandra intentaba compensarlo porque ese día se había refugiado toda la tarde en los brazos de Aníbal y su compañía le había hecho olvidar el tiempo. Desde que se habían comprometido la relación tenía un nuevo giro y su mayor ansiedad ahora era explicarle a Daniyel que serían una familia. De repente, Dani la apartó:

—¿Y los hombres malos? —le preguntó mirándola muy asustado.

—¿Cuáles hombres? —indagó Cassandra y por su mente comenzaron a aparecer miles de imágenes terroríficas.

—Los del parque —respondió Daniyel—. Tú eres la única que puede salvar a Alirio.

—¿Por eso me dejaste el mensaje? Tranquilízate, respira profundo como te enseñé y háblame despacio —Cassandra comenzó a inhalar y exhalar para que su hijo la imitara.

—Mamá, algo malo va a pasar, esos hombres van a hacerle daño a Alirio —le contó Daniyel mirándola a los ojos con la certeza de que sus palabras serían atendidas—. Los escuché, hablaban de él.

—No te preocupes, ya estoy aquí y no me voy a mover ni un centímetro —le dijo mientras le acariciaba el rostro—. A lo mejor, si mañana lo hablamos, ya estarás más sereno.

—No, mamá, mañana será tarde —le dijo resuelto y sin permitir que Cassandra lo interrumpiera le contó lo que le había ocurrido en el parque con el vendedor de paletas y los dos hombres.

—Mamá, se lo van a llevar, tienes que hacer algo, pero tienes que hacerlo ya —concluyó con un inaudito discernimiento.

Cassandra no podía dar crédito a lo que oía. Un temblor le recorrió el cuerpo. El día que tanto temía había llegado: sentía pánico de que su hijo se viera atrapado en la violencia de la región. Imaginó un cerco de la intimidación alrededor del poblado, pero los ojos adormilados de su hijo la obligaron a sacar valor

—No te preocupes, yo me voy a hacer cargo. Descansa, que mañana será otro día —le dijo y luego de arroparlo se quedó varios minutos para asegurarse de que dormía.

Luego salió con sigilo, dejándole la luz encendida y la puerta abierta por si llegaba a despertarse y quería dormir con ella. Esperó unos minutos más hasta asegurarse de que dormía profundamente.

Cassandra sabía que debía actuar de inmediato, así que se comunicó con Aníbal y le contó con detalle lo ocurrido.

—Si no hacemos algo esta noche, mañana se lo llevan —sentenció Cassandra—. No es necesario que vengas, podría ser peligroso, ya no sabemos a qué nos exponemos. Mejor llama a tus amigos de la policía para que estén alerta. Mientras tanto trataré de localizar a la familia de Alirio.

En seguida se comunicó con su amiga Alicia y tras contarle los hechos, decidieron contactar a la rectora de la institución. Esta, sin darle mayor crédito al relato del niño, consideró mejor esperar hasta el día siguiente y citar a los padres de Alirio al colegio. Cassandra y Alicia comprendieron que estaban solas, así que despertaron a Georgina y entre las tres empezaron a llamar a todos sus conocidos para tratar de contactar a la mamá de Alirio.

Con el valor que solo conocen las mujeres cuando se trata de proteger a los hijos, Georgina y Alicia se enfrentaron a la soledad de la noche y se fueron directo a la librería. Cada una desde su celular comenzó a marcar sin parar. Estaban a punto de claudicar tras dos horas de trabajo infructuoso. La respuesta invariable que recibían era que vivían lejos y temían salir de noche. No era seguro y se negaban.

Las tres mujeres tenían la certeza de que cada hora transcurrida sin éxito ponía en riesgo la vida del muchacho así que estaban considerando ir ellas mismas a la casa del chico cuando sonó el celular y era Griselda, la madre de Alirio.

—Señora Cassandra, soy la mamá de Alirio. Juvenal me dijo que me está buscando.

La llamada generó exclamaciones de alegría de las tres mujeres. Cassandra estaba angustiada, no sopesó mucho sus palabras y le soltó a Griselda sin filtro lo que pensaba.

—Con la bendición de Dios, tiene que sacar hoy a su hijo del pueblo, mándelo a donde familiares, pero hágalo ya.

—¿Qué? ¿Por qué? Oiga, ¡con quién se cree que está hablando! Él no ha hecho nada, ¿por qué tendría que irse? —de inmediato Cassandra comprendió que su intranquilidad le había jugado una mala pasada y trató de enmendar.

—Discúlpeme por hablarle así, tenga la certeza de que su hijo no ha hecho nada malo. De hecho, nos sentimos muy orgullosos de él y lo estamos buscando para protegerlo.

Como le había enseñado a su hijo dio un profundo suspiro y cerró los ojos por unos segundos para que su mente se apaciguara y pudiera explicarle con calma a la madre de Alirio.

Cassandra bajando el tono de la voz comenzó a narrarle con detalle lo que Daniyel había escuchado, hizo un gran esfuerzo por imprimirle mucha serenidad a cada palabra para que la madre escuchara la última parte con atención.

—Estamos convencidas de que se van a llevar a su hijo a las malas y lo van a hacer pronto. Sé que no es fácil escuchar estas palabras sobre un hijo, pero a nosotras lo único que nos motiva es ayudarlo. Por favor, hágame caso, sáquelo de la casa.

El llanto de Griselda fue la respuesta, además se comenzó a escuchar una voz de hombre que desde el fondo intentaba averiguar qué le estaban diciendo.

—Sabía que esto iba a pasar. Cuando vi que era más alto que los demás, que cada vez se hacía más fuerte. Y cuando se destacó como buen deportista, temía que sobresaliera, aquí ese tipo de cosas tienen un costo muy alto. En este pueblo a veces es mejor no brillar tanto —Griselda trataba de seguir hablando, pero el llanto le atajaba las palabras.

—No tenemos dinero, entiéndame, no pasamos hambre, pero no hay suficiente para pagar lo que él va a necesitar. La finca da para la comida de la familia, además de Alirio, estamos las mellizas y yo —un nuevo sollozo interrumpió la conversación—. El sueño de mi hijo es ser técnico agrícola. Imagínese, ahora que los jóvenes solo quieren marcharse, él solo ambiciona quedarse para ayudarnos. ¿Qué mal les hemos hecho?

Cassandra no tenía idea de qué responder, pero sí tenía claro que había que salvar la vida de Alirio

—Señora Griselda, aquí estamos con Georgina y Alicia sintiendo su pena. Tenga la certeza de que nuestra intención es cuidar a Alirio. Si actuamos ya, podemos salvarle la vida.

Las amigas se propusieron hacer una colecta entre ellas y reunir algo de dinero y ropa para el viaje. Hasta una maleta puso a disposición Alicia. Griselda les agradeció y ya un poco más tranquila les compartió sus posibilidades y preocupaciones.

—Yo puedo juntar algo de dinero para pagar el pasaje, pero no tenemos como subsidiar un hotel o la comida ¿y por cuántos días? Además, ¿adónde lo voy a enviar? Su familia está aquí. No conocemos a nadie fuera del pueblo.

El silencio de las tres amigas fue roto por Cassandra, que ya había encontrado una solución.

—Señora Griselda, no se preocupe, entre todos ayudamos. Mándelo con lo que tenga y ya después solucionamos, lo más importante es que salga —había pensado en su tía Rosmira que vivía sola en la gran ciudad y de seguro estaría muy dispuesta a ayudar a Alirio. Solo habría que explicarle de qué se trataba.

—Él nunca ha salido de aquí, no sabe cómo es la ciudad —se lamentó Griselda y en el fondo se escuchaba el llanto de las mellizas y la voz del joven que cada vez se alzaba más.

Cassandra había recuperado la esperanza. Con el teléfono en la mano abrió la caja registradora de la librería, sacó el dinero que allí había y se lo entregó a Alicia. Les dijo que se fueran a sus casas, juntaran sus aportes y a las cinco de la mañana fueran a la central de buses. Las amigas obedecieron sin chistar.

—Señora Griselda, el tiempo apremia. ¿Tiene un lápiz y papel? Escriba esta dirección. Es en la capital. Allá vive una tía mía. Empáquele ropa que lo proteja del frío, aunque Georgina también dijo que tenía algunas prendas apropiadas. Tiene que salir en el primer bus a Orestes, el de la cinco de la mañana. Allá lo estarán esperando Alicia y Georgina, que le entregarán algo de dinero.

Cassandra no quiso atender el silencio apenado de Griselda y continuó narrando lo que debería hacer el joven cuando llegara a Orestes.

—Cuando llegue al paradero de buses de allá que se vaya directo al servicio de correo. Ahí le vamos a girar más dinero para que siga hasta la capital. Necesito el nombre completo y el número del documento de identidad —Cassandra apuntó los datos segura de que cuando le contara a Aníbal él también le enviaría dinero.

—Tan pronto reciba los fondos, dígale que tome el primer bus a la capital y por favor ruéguele que no hable con nadie —la entereza de Griselda se resquebrajó nuevamente.

—Él es mi hijo, no deberían alejar a un hijo de su madre. Es un niño grande, no podrá hacer todo eso —dijo adolorida dejando caer el teléfono.

—Por favor, créame que es por el bien de su hijo —la frase no llegó a los oídos de Griselda.

—Soy Alirio, dígame qué pasa. Mi mamá está llorando.

—Lo que te voy a contar lo escuchó mi hijo Daniyel —le dijo y le hizo un recuento de lo sucedido y de la gran posibilidad de que se lo llevaran por la fuerza al monte.

En realidad, no había que explicar mucho. Todos en el poblado sabían que en las comarcas vecinas hombres armados se habían llevado por la fuerza a los adolescentes más altos y fuertes. Se sabía que, una vez que los tenían, los amenazaban con hacerle daño a la familia si no obedecían, y que con el tiempo se convencían de las ventajas de estar en esos grupos porque siempre había comida, recibían pago por su trabajo y vivían sin ley. Algunos jóvenes preferían aquella vida porque era mejor al maltrato padecido en el hogar o al menos eran una boca menos para alimentar en la casa, pero también estaban los muchachos como Alirio, que amaban el campo y soñaban con tener su propia parcela.

—Lo que le dijo su hijo es verdad —dijo Alirio tras unos breves segundos de silencio—. Pensé que me dejarían en paz cuando les dije que no quería ir y no quise contarle a mi mamá para no preocuparla. Ellos varias veces se me han acercado, me ofrecen un sueldo y me prometen que voy a aprender a manejar armas —los llantos de la madre y las mellizas se escuchaban al fondo—. Le soy sincero, tengo miedo, no quiero ir, a mí lo que me gusta es sembrar, ver las matas crecer. No entiendo por qué no me dejan en paz.

Cassandra se percibió hundiéndose en un socavón oscuro y sin salida, imaginándose cómo sería su mundo sin Daniyel. Cerró los ojos y con una devoción que desconocía en ella pidió con todas sus fuerzas la protección de los espíritus para su pequeño hijo, que apenas comenzaba la adolescencia.

—Tú sabes que tienes que irte, no te puedes quedar. ¿Entiendes? —le dijo Cassandra recuperándose de inmediato, convencida de que era necesario robarle este adolescente a la guerra—. Sabemos todo lo que puede pasar y lo que significaría para tu familia. Sé que los jóvenes están al tanto de lo que pasa en esos grupos, solo quiero decirte que hoy tienes la opción de elegir. Somos muchos los que estamos dispuestos a ayudarte para que escribas una historia distinta.

—Sí, lo sé —respondió Alirio con la voz quebrada—. Siempre soñé con la tierra y con ver a mis hermanas crecer. Ahora ya no sé qué hacer… —en el fondo se escuchó la voz de Griselda diciéndole: «Te prefiero vivo por allá que muerto aquí».

—Está bien, señora Cassandra. Deme toda la información que aquí vamos a hacer lo que usted nos diga —dijo Alirio.

—No vas a cambiar tus sueños, simplemente los vas a aplazar por una buena razón —le dijo Cassandra y enseguida le dio todas las indicaciones, procurando transmitirle tranquilidad.

—¿Y cuándo volveré a ver a mi familia? —preguntó Alirio.

—Querido Alirio, es muy difícil responderte esa pregunta porque en este poblado nunca había pasado nada y ahora no sabemos a qué nos enfrentamos. Ellas van a estar bien... —Alirio no habló más. Cassandra escuchó que sollozaba.

—Ya vamos a preparar todo, gracias por la ayuda —le dijo Griselda y colgó afanada de aprovechar los pocos minutos que podría tener a su hijo.

Cassandra vio que las manecillas del reloj de pared marcaban las cuatro de la mañana. Consideró una pésima idea llamar a esa hora a su familia, que se alarmaría y ya no tenían la edad para afrontar esos sobresaltos nocturnos. El agotamiento después de la ansiedad extrema estaba haciendo mella en su cuerpo. Decidió descansar un par de horas, apagó las luces y cuando se disponía a subir a su casa sonó el timbre de la puerta.

Las piernas le flaquearon y tuvo que recostarse unos instantes en la pared. Sigilosa, pasó por el cuarto de su hijo y constató que tenía un sueño profundo. Se quedó en el pasillo con las luces apagadas y fantaseó con la idea de que el paletero quisiera asegurarse de que el niño no había escuchado nada. El timbre sonó una vez más, así que ya no tuvo más opción que asomarse a la ventana. Al mover la cortina, vio el campero de Aníbal.

—Te dije que no vinieras —fue el saludo que le dio después de abrir la puerta y empujarlo para que entrara rápido, temiendo que alguien los estuviera vigilando.

—Tranquilízate —la abrazó Aníbal de inmediato, sintiendo el temblor de su cuerpo—. No podía dejarte sola con todo esto.

Cassandra, estrechándolo con fuerza, dejó que fluyeran las lágrimas que desde hacía horas había contenido. Luego fueron a la cocina y en voz baja le contó lo que había pasado, el relato de Daniyel, la búsqueda angustiante de Griselda, las promesas que le había hecho a Alirio, la decisión de enviarlo donde su tía y el apoyo económico de las mujeres.

—Imagino que tú también vas a aportar dinero. Se lo podemos girar para que lo recoja en Oreste.

Aníbal la oía con atención mientras le preparaba café. Presentía que estaba a punto de desplomarse. No sabía cómo contarle lo que ahora sabía.

—Admiro mucho a Griselda y también me conduelo de ella. Todo lo que se le viene encima. Obligarse a tener la entereza para separarse de su hijo, ¿no es eso absurdo? Tenemos que ver cómo vamos a protegerlas, porque ellas se van a quedar solas, tal vez más vulnerables —Cassandra hablaba sin parar con la voz resquebrajada, pero intentando mantener la serenidad—. Te juro que yo no sería capaz de separarme de Daniyel ni un minuto ni de dejarlo ir sin mí. No concibo mi vida sin mi hijo y ahora ella está obligada a hacerlo, no es justo…

Se sentaron en la pequeña mesa, rodeando con las manos las tazas de café humeante. Apesadumbrado, imaginando el desbarajuste en la casa de Alirio.

—Hay algo que debes saber —dijo Aníbal tomando las manos de Cassandra—. Debemos prepararnos porque las cosas están cambiando. No tengo pruebas, pero me da la impresión de que mucha gente no está de nuestro lado.

Le contó que una vez que se enteró de lo que había dicho Daniyel, se dirigió donde su amigo Parmenio, uno de los hacendados más respetados de la región, militar retirado y dueño de cientos de cabezas de ganado. Tenía fama de justo y de ayudar a quien se lo pidiera, aunque ya no se le veía mucho en la zona.

—La primera sorpresa que me llevé fue encontrar el portón de la finca cerrado y dos camionetas blindadas aparcadas en la entrada. Un hombre que nunca había visto antes se acercó y me preguntó qué quería. Le dije que quería ver a Parmenio, que era Aníbal, su vecino. El hombre me anunció y me dejaron pasar.

—Encontré a Parmenio sentado en el corredor, fumándose su tabaco. Se alegró de verme, lo saludé con la calidez de siempre y abordé de inmediato el tema, las amenazas para los jóvenes y la presencia de hombres extraños armados, sin contar los detalles de cómo me había enterado. Tan pronto hice una pausa para respirar, de sopetón me dijo: «Aníbal, en eso es mejor que no se meta, no interfiera».

—Insistí, pero guardó silencio cuando le sugerí que me acompañara a hablar con los militares y le explique que, dada su condición de oficial retirado, su presencia ayudaría mucho. Lo único que hizo como respuesta fue aspirar su tabaco. Entonces me molesté un poco y le pedí su opinión sobre lo qué pasaba en la región. Solo me repitió: «No interfiera y estará bien».

—Luego llamó a su administrador y le dijo que averiguara si ya la comida estaba lista y se levantó para marcharse. Viendo mi cara de decepción, me despidió diciéndome que las cosas estaban cambiando, que debía estar preparado y me dijo que hablara con los amigos de siempre, que ellos ya habían aceptado la transición. No podía dar crédito a lo que estaba escuchando Ese hombre fuerte y viejo, que tanto había admirado, había trocado sus principios —Aníbal caminaba de un lado a otro en la cocina—. Me iba a ir, pero no aguanté y le dije para terminar la conversación que por ese camino íbamos a terminar sumidos en la vergüenza.

—Nos llegó la guerra —dijo Cassandra mirando hacia la habitación de su hijo—. Ahora, ¿qué voy a hacer si todos mis ahorros están aquí?

Si bien no pasaban necesidades, ella tenía tiempos malos en los que el negocio de la librería no daba y debía llamar a sus padres para que la apoyaran con algo de dinero. Confiaba en que, si aguantaba unos años más, podría ampliar la librería e incluir una venta de café. Hasta ahora se había a negado a contemplar que su situación económica cambiaría debido a su relación con Aníbal; por experiencia, sabía que en una relación amorosa siempre es mejor mantener la independencia económica, porque el destino siempre trae sorpresas.

—Tampoco yo imaginé estar en este escenario —reconoció Aníbal—. Me encanta la serenidad que emana el campo, pero parece que eso ya se acabó. Ya no reconozco a mis amigos —y como si leyera la mente de Cassandra concluyó mirándola de frente—: ¿Sabes qué es lo que nos salva? Que tú estás conmigo y yo estoy para ti y Dani.

Capítulo 28

—Hola, Daniyel, ¿te acuerdas de mí?

Dani se le quedó viendo, creyendo reconocer al hombre. No sintió temor porque detrás de los gruesos lentes de las gafas negras había unos ojos llenos de bondad y además le gustaban mucho las zapatillas deportivas que llevaba. Se sentía tranquilo, pero no recordaba su nombre. Cuando el hombre lo tomó de la mano, todo comenzó a nublarse a su alrededor.

—¿Mi mamá? —preguntó Daniyel, soltándose.

—Ya vendrá, por ahora solo vamos los dos —la niebla se hizo más densa. Dani quiso devolverse, pero el camino había desparecido.

—Solo tu mamá te puede sacar de aquí —escuchó decir al hombre mientras desaparecía en la bruma.

—Cálmate, tranquilo, ya pasó —la voz de Cassandra y sus caricias lo tranquilizaron—. Fue un mal sueño —le decía mientras continuaba abrazaba a él.

Daniyel dio un hondo suspiro, miró sorprendido a su mamá tratando de recordar el sueño, pero no lo logró.

—Es mejor que te quedes en cama un rato. Voy a prepararte un delicioso desayuno —le dijo Cassandra mientras lo arropaba de nuevamente—. Anoche llamó la directora y dijo que no había clases.

Cassandra salió sin querer atender a las otras preguntas que de seguro le haría su hijo. Le molestaba mentirle, pero consideró que lo mejor era que ese día permanecieran en la seguridad del hogar. Antes de dirigirse a la cocina tomó su celular y llamó a Georgina para comunicarle que Dani no iría a la escuela.

—Amiga, hoy de todas formas no hay clase. Con el revuelo que armamos anoche, muchas madres se enteraron y decidieron no enviar a sus hijos. Temen que haya represalias.

Luego le contó que habían acudido al terminal de transporte con Alicia y se vieron con Alirio.

—No tuvimos tiempo de hablar mucho, le entregamos el dinero, le reiteramos que no hablara con nadie y luego lo abrazamos. Nos sorprendió su fortaleza, la verdad no dijo nada, solo asentía con la cabeza —Georgina concluyó su relato con un corto silencio y comprendió que su amiga no podía hablar mucho por Daniyel.

—En algún momento le tendrás que contar —comentó y luego se despidió.

La mañana transcurrió con una abrumadora tranquilidad. La librería estuvo abierta sin tener la visita de sus habituales clientes. Cassandra le recomendó a su hijo que aprovechara el tiempo para adelantar tareas, invitación que fue respondida con un tedioso suspiro por parte de Daniyel.

Entretanto, las calles lucían más solas de lo habitual y, a pesar del calor, muchas puertas permanecían cerradas.

Fue un martes distinto, un sentimiento de incertidumbre se colaba en los corazones de los habitantes del poblado que vislumbraban un futuro atribulado.

—Mamá, estoy aburrido, ¿puedo ir donde Jared? —preguntó Dani con alegría, confiado en que tendría la aprobación de su madre.

—No —respondió tajante Cassandra.

—¿Por qué? Si ya terminé de hacer tareas…

—Porque yo lo digo —el tono de la respuesta de Cassandra sorprendió a Dani. Su madre siempre se tomaba el tiempo que fuera necesario para explicarle sus instrucciones y decisiones, pero hoy lucía obnubilada. Sus palabras surgían de un fatal presentimiento.

—Mamá, no te entiendo —replicó Danny con la voz quebrada y a punto de un berrinche.

—Primero hablaré con la mamá de Jared —cedió Cassandra, pensando que su hijo, a pesar de la situación, tenía derecho a compartir con su amigo.

Dani permaneció un rato viendo a Cassandra hablar por el móvil con la madre de Jared. Ambas madres sobrellevaban la misma situación y no sabían ya qué hacer para distraer a los pequeños. Acordaron que se encontrarían en la casa de Jared porque allí había un patio grande.

Cassandra terminó la llamada y aunque tenía una corazonada, la atribuyó a la conversación que había tenido con Aníbal y a las pocas horas de sueño.

—Alístate, que yo te llevo —le dijo, preparándose para salir.

—Mamá, pero si es aquí al lado, junto a la iglesia. Es más lejos el colegio y todos los días voy solo —insistió Daniyel extrañado.

—Bueno, pero no todos los días tengo la oportunidad de acompañar a mi hijo a la casa de su amigo. Hoy es una ocasión especial, así que iré contigo —y sin más salieron la librería.

Dani sintió que su madre iba muy rápido y le sudaba la mano con la que lo llevaba.

La casa de Jared era de las más antiguas del pueblo. Con esmero, la familia había logrado mantener intacta la fachada de amplio corredor, con un portón grueso de madera y su llamador de lengua de león. Cassandra golpeó con insistencia y no soltó a su hijo hasta que abrieron. La madre de Jared la recibió con una gran sonrisa porque su hijo tendría por fin una compañía que lo sacara de su aburrimiento y especialmente de las muchas preguntas que le hacía pero no podía responder. «No se preocupe, que cuidaré bien de él», le dijo a Cassandra mientras esta se despedía de su hijo, informándole que en dos horas lo recogería. No hubo necesidad de recomendarle ser respetuoso y atento. En esencia, así era Daniyel.

—Mamá, no te preocupes, voy a estar bien. Siempre voy a estar bien así no esté contigo —le dijo Dani mientras le estampaba un beso en la mejilla tratando de que se calmara.

Cuando Cassandra se fue, la madre de Jared, también preocupada, atravesó la tranca, aunque en el fondo sentía que era innecesario porque para ella había una protección mayor, un escudo invisible que le ofrecía el hecho de que su casa estuviera junto a la iglesia.

Al encontrarse los dos niños, Jared le mostró su juguete nuevo: un tren con cuatro vagones que recorría sin descanso una carrilera en forma de ocho. Daniyel se sentó en el suelo junto a su amigo, contemplando embelesado aquel convoy de vagones coloridos, cuya locomotora de tanto en tanto dejaba escapar su pitido característico.

—Mira que no para, lleva así un montón de tiempo —explicó Jared orgulloso.

—¿Tú crees que podemos meterles personajes en los vagones? —sugirió Daniyel mientras sacaba de su morral varios muñecos que había traído desde su casa.

—Claro que sí —dijo Jared. Entonces pusieron manos a la obra y empezaron las aventuras.

Jared decidió ir hasta el baúl de sus juguetes y sacó un robot y un carro de pilas. Las voces de los niños y los sonidos del carro y el tren se apoderaron del patio. Alguien encendió un radio y las notas de la música se sumaron a la banda sonora.

El tiempo es el mejor consejero para aplacar los espíritus, así que al transcurrir las horas las familias del poblado que en principio estaban aterradas por la historia de Alirio fueron mudando su sentir por uno más aliviado y en su interior se fueron convenciendo de que seguramente a ellos nunca les pasaría nada. El poblado fue despertando de a poco de su letargo y sus moradores retomaron sus quehaceres, como si de repente se hubiera apoderado de todo el lugar una serenidad misteriosa y el convencimiento perenne de la falsa inmortalidad.

Solo algunos alcanzaron a ver el cilindro volando por los aires, pero todos quedaron sordos, aturdidos y aterrados con el sonido de la explosión. Tras unos instantes, algunos valientes se atrevieron a levantar la cabeza y ver en dónde había ocurrido la explosión.

La torre de la iglesia había desaparecido en segundos, el viejo templo se desplomó y sus pedazos cayeron sobre la casa de Jared hasta dejarla cubierta por una mole de escombros. A la sorpresa inicial le siguieron los gritos y la gente que corrió a auxiliar a los heridos, pero al llegar, de manera inexplicable, solo se escuchó el pitido de un tren de juguete.

Capítulo 29

La niebla no permitía ver nada alrededor. Daniyel intentó levantarse, pero tenía una pierna lastimada. Se apoyó en ambas manos y se incorporó despacio. Una vez de pie, miró a la redonda y solo vio una bruma y un camino que desconocía.

—¡Mamá! —gritó, y casi de inmediato olvidó qué significaba aquella palabra.

La bruma permanecía cerrada y avanzó confiado con las manos extendidas para asegurarse de que no había ningún obstáculo. A cada paso que daba se encontraba más a gusto en aquel mundo; ya no tenía dolor, solo la necesidad de marchar.

De repente, una mano le tocó el hombro y él giró aterrorizado para encontrarse de frente con una niña mucho más pequeña, con los ojos muy marrones y el cabello largo y negro.

—¿Te ayudo? —le dijo la niña y sin esperar respuesta tomó por la cintura a Daniyel, quien sintió que cada vez podía apoyar mejor la pierna.

Luego de un tiempo imposible de calcular, preguntó:

—¿Sabes en dónde estamos? —la niña, que ahora le parecía mucho mayor, negó con la cabeza—. ¿Para dónde vamos? —ella volvió a negar con la cabeza.

El recorrido fue silencioso y amable. Daniyel se percató de que no estaban solos y que había otros niños como él recorriendo el sendero de la niebla. La mayoría iba despacio y mirando alrededor con curiosidad. Había sosiego, a pesar de que algunos eran ayudados por hadas en su trayecto.

—¿De dónde vienes? —volvió a preguntar Daniyel con curiosidad.

—No sé —contestó la niña sorprendida con la pregunta—. ¿Y de dónde vienes tú? —Daniyel quiso responder con prontitud, pero no pudo.

—Yo... ya no lo recuerdo... —y se sorprendió de su respuesta.

La marcha parecía larga. La niña esperaba con paciencia a que Daniyel diera cada paso. Ninguno de los dos se molestaba porque otros niños avanzaran a mayor velocidad. Tenían sus pensamientos conectados y concentrados en cada movimiento, como si el pasado ya no existiera.

De repente, la niña se detuvo y soltó a Daniyel.

—Llegaron por mí. Adiós, amigo —dijo y desapareció como había llegado. Daniyel no comprendió por qué lo había dejado solo, pero optó por seguir a los otros niños, a su ritmo.

Entonces se dio cuenta de que lucía un overol blanco y que en la muñeca derecha exhibía un brazalete que resplandecía con un color verde. Se detuvo, intentó quitárselo y no pudo. Otro niño tropezó con él y ambos se miraron de arriba abajo. Tenían la misma prenda blanca y brazalete de diferente tonalidad.

La niebla comenzó a ceder y ahora Daniyel podía ver a los otros pequeños caminantes. De súbito apareció de la nada frente a él una niña de su misma altura con una pulsera que tenía idéntico color.

—Hola, ¿cómo estás? Bienvenido —le extendió la mano con familiaridad. Dani no se atrevió a corresponderle e intentó retroceder sin mirarla al rostro.

—No te asustes, que yo te voy a cuidar. ¿Cómo te llamas?

—Daniyel —dijo por fin y se animó a observarla. Le pareció que era alguien que no había visto en mucho tiempo—. ¿Y tú cómo te llamas? —le preguntó.

—Kaela —y ella lo abrazó.

Dani avanzó y a medida que lo hacía iba comprendiendo que esa ruta ya la había recorrido. Su cuerpo se estiraba a cada paso y su preocupación yacía en el bienestar de los pequeños que transitaban junto a él. Vislumbró en la sonrisa de la mujer con faldones de flores que lo esperaba en la puerta que su destino estaba allí, acompañando a los niños sin historia. Al llegar al portón de hierro no reparó en las gafas gruesas que enmarcaban su rostro. Antes de avanzar, se tomó tan solo unos segundos para volver la vista atrás y dedicarle el último pensamiento a su querida madre: «Estoy donde debo estar, soy el Temaszin de Sasbequiana».

Epílogo

Cassandra corrió la cortina de la habitación dándole paso al sol que empapó la estancia de contagioso bienestar. Desde hacía varias semanas lucía inquieta por la cercanía del segundo aniversario, pero no quería mortificar a su esposo, así que se había mostrado animada y laboriosa. Sin embargo, hoy se dio permiso de extrañar a Daniyel.

—¿Estás lista? —dijo Aníbal abrazando su panza de seis meses de gestación. Él también encubrió su ansiedad, al notar el esfuerzo de Cassandra por disimular su pena.

—Solo tengo que llamar a don Samuel para revisar si hay algún cambio en el jardín, quiero asegurarme de que los tulipanes hayan florecido y que la verja esté lustrosa —dijo Cassandra. Su voz diligente intentaba sin éxito encubrir la tristeza que asomaba a sus ojos grandes.

—Todo está perfecto, revisaste cada cosa veinte veces. Además, ya están abajo Alicia y Georgina esperándote para hacer la caminata juntas. Yo iré detrás de ti —mientras hablaban le ofreció el brazo para bajar juntos la escalera, pero los perros se le atravesaron exigiendo unos minutos más de atención.

En el salón del primer piso no solo estaban las amigas, sino todos los vecinos que querían celebrar la bendición de que Daniyel hubiera existido y vivido entre ellos.

Cassandra lucía una bata blanca de encaje y se había atado la cabellera con un lazo de colores y un tocado discreto con un tulipán. Aníbal también estaba vestido de blanco y tenía un tulipán en la camisa. Al llegar al primer piso, saludaron a los asistentes, quienes sin proponérselo armaron una calle de honor que conducía a la salida de la casona.

El día en que partió Daniyel, en aquel poblado se hizo realidad el encantamiento. En medio de su insondable pena, Cassandra contó a sus dos amigas la llamada que le hizo Dinora y recordó con precisión sus palabras: «Él vive para otros y allí siempre estarás tú, pero no presente». También les contó que Daniyel era un adalid de la espiritualidad y que tendría a su cuidado a otros niños que Dinora llamó «sin historia». Ese relato se extendió por toda la región y Cassandra fue consciente de la fuerza que tenía un día que andaba en el mercado y se le acercó una mujer llorando.

—¿Eres la mamá de Daniyel? Mi pequeño hijo acaba de morir. ¿Es cierto que él los cuida, que es el maestro de los niños sin historia? —Cassandra reconoció su propio dolor en los ojos de aquella mujer. No quiso compartirle su convicción de que así era, porque pensaba que de pronto fuera un espejismo, un autoengaño. Así que solo la abrazó y juntas lamentaron sus pérdidas.

Ese hecho y otros frutos de la inventiva de los habitantes de los alrededores convirtieron la historia de Daniyel en una verdad irrebatible. Al poblado llegaron peregrinaciones de madres y padres que querían recomendar a sus hijos al niño maestro. El cementerio se transformó en un lugar de permanente actividad en el que a veces debía intervenir la fuerza pública para cerrar las puertas.

Quienes habían intentado tomarse al poblado debieron marcharse porque sus habitantes se habían unido para proteger lo que consideraban el legado de Daniyel. Así que la paz se volvió a instalar en la mente y en los corazones de sus habitantes.

Cassandra trató de seguir su actividad como librera, pero ya no podía atender a sus posibles compradores, porque gente de todo tipo se le acercaba a contarle historias que solo la abrumaban más. Así que se retiró a casa con su esposo hasta que llegó un escultor que había perdido a su hijo en un accidente y le dijo que le permitiera hacer una obra con la imagen de Daniyel. La idea que en un principio le pareció desmedida fue respaldada por su esposo y sus amistades, que la convencieron de que sería una forma de ofrecerle consuelo a otras madres. Como siempre lo hizo se comprometió con el tema y consideró el mejor espacio, parecido al que había visto en sus sueños.

Con el apoyo de todos los habitantes y las autoridades eligieron una zona verde ubicada en las afueras del poblado. Durante seis meses se dedicaron con entusiasmo y disciplina a transformarla en un parque. Sembraron un árbol que con el tiempo sería enorme y junto a él ubicaron la estatua de Daniyel, que representaba un niño con un tren de juguete en la mano y con la otra intentando alcanzar una estrella. Debajo, una placa en la que se leía: «A mi hijo». Prefirieron no escribir su nombre para que cualquier madre o padre pudiera sentir que allí se estaba haciendo un homenaje a su propio hijo.

Así que aquella mañana era el día señalado para inaugurar el parque de flores y, sin proponérselo, o quizás sí, todos los habitantes y visitantes vestían de blanco. Se reunieron frente a la casa de Aníbal y Cassandra para esperar la salida. La banda escolar se había hecho presente para iniciar la marcha. El párroco había traído a todos los acólitos y las madres sin hijos se declararon con el derecho de estar al frente. La romería dispar esperaba impaciente.

No era un cortejo fúnebre, era una comparsa de flores y música que inició tan pronto Cassandra salió del brazo de Aníbal. Escuchó los aplausos, recibió las bendiciones de otras madres como ella, se alegró con los bailes que improvisaban los niños y caminó el largo trayecto con la cabeza en alto y la sonrisa sincera, convencida de que la ausencia estaría siempre presente en su vida, pero orgullosa de ser la madre de Daniyel, el protector de los niños sin historia.

Lecturas recomendadas

La herida del «Te quiero» (Sergio Montemayor)

333 middle diablo. Parte 1 (Sebastián García)

Esteban Firelight II (Reliquia de Goldnote) (Catalina Monsalvez)

www.ingramcontent.com/pod-product-compliance
Lightning Source LLC
LaVergne TN
LVHW041210150826
845673LV00001B/347

* 9 7 8 6 1 2 5 1 1 2 9 7 2 *